BASTEI
LÜBBE

Aus der Taschenbuchreihe CAPRICE sind nachstehende Romane erhältlich. Fragen Sie im Buch- oder Zeitschriftenhandel nach diesen Titeln:

58 035 Was kostet ein Liebhaber?
58 036 Die Lieblingsfrau
58 037 Von Junggesellen, Neffen und schönen Frauen
58 038 Der Butler und die Lady
58 039 Nicht nur eine Sünde wert
58 040 Eine süße kleine Dummheit
58 041 Wie geschaffen für die Liebe
58 042 Engel mit schwarzen Haaren
58 043 Heißbegehrte fremde Frau
58 044 Erotische Begegnung der ersten Art
58 045 Seinen Ex-Mann küßt man nicht
58 046 Manche mögen's immer wieder
58 047 Kleine süße graue Maus
58 048 Der Mann mit den zweitausend Liebesbriefen
58 049 Herzsprünge
58 050 Ein herrlich schlechter Ruf
58 051 Ein Mädchen mit Temperament
58 052 Zu schön für die Liebe
58 053 Von Cowboys und Herzensbrechern
58 054 Geliebtes Biest
58 055 Ein himmlisches Verlangen
58 056 Augenblicke der Sehnsucht
58 057 Berührungsängste
58 058 Verlockende Versuchung
58 059 Adams Verführung
58 060 Eine Frau aus Fleisch und Blut
58 061 Das Mädchen und der Tramp
58 062 Ein Mann, der weiß, was er will
58 063 Ein teuflisch prickelndes Gefühl
58 064 Lektion für einen Herzensbrecher
58 065 Bittersüße Zärtlichkeit
58 066 Noch einmal mit viel Zärtlichkeit
58 067 Nach einer Nacht im Paradies
58 068 Das Abenteuer, die eigene Frau zu verführen
58 069 Zwei wie Feuer und Eis
58 070 Im Zauber einer Liebe
58 071 Jede Nacht hat dein Gesicht
58 072 Eine Schwäche für die Liebe
58 073 Scheidungsgrund: Liebe
58 074 Von braven Mädchen und Ladykillern
58 075 Verführ mich doch mit Zärtlichkeit
58 076 Aufregend anregend
58 077 Dich hautnah erleben
58 078 Der Zwanzigtausend-Dollar-Tanz
58 079 Mondschein-Rendezvous
58 080 Herzflattern
58 081 Wenn ein Mann verführen will
58 082 Ivan, der Leidenschaftliche

Joan Elliott Pickart

Ein Bett für zwei

Ein Caprice-Roman

Ins Deutsche übertragen
von Inge Hallerbach

BASTEI
LÜBBE

BASTEI-LÜBBE-TASCHENBUCH
Caprice
Band 58 083

Erste Auflage: April 1991

Published by arrangement with Bantam Book, a division of
Bantam Doubleday Dell Publishing Group, Inc., New York
Caprice-Romane stammen aus der amerikanischen
Taschenbuch-Reihe ›Loveswept‹
Loveswept and the wave device are trademarks of
Bantam Books, Inc.

Deutsche Lizenzausgabe 1991
Bastei-Verlag Gustav H. Lübbe GmbH & Co., Bergisch Gladbach
Originaltitel: Sweet Bliss
Titelillustration: Pepe Gonzalez/Norma Agency, Barcelona
Umschlaggestaltung: Quadro Grafik, Bensberg
Satz: VID Verlags- und Industriedrucke GmbH & Co. KG,
Villingen-Schwenningen
Druck und Verarbeitung: Clausen & Bosse, Leck
Printed in Germany
ISBN 3-404-58083-4

Der Preis dieses Bandes versteht sich einschließlich
der gesetzlichen Mehrwertsteuer.

1

So ist das also, wenn man einen Kater hat, überlegte Liz Barton benommen.

Vorsichtig veränderte sie ihre Lage auf dem Bett und stellte sofort fest, daß das ein Fehler gewesen war. Ein heftiger Schmerz durchzuckte ihren Kopf. Liz entschied, sich weder zu bewegen noch die Augen zu öffnen. Sie würde stocksteif auf dem Rücken liegen bleiben.

Vielleicht sollte ich stöhnen, dachte sie, laut stöhnen. So wie sie sich fühlte, hatte sie allen Grund zu stöhnen. Ihr ganzer Körper tat weh. Nicht nur ihr Kopf, nein, alles schmerzte: ihr Gesicht, ihr Magen – und selbst ihre Haarspitzen! Helles Sonnenlicht drang durch ihre geschlossenen Lider, und das war besonders brutal, denn auch ihre Lider taten weh! Liz war einfach sterbenselend zumute.

Aber es war eine großartige Party gewesen. Auch wenn Liz sich nach dem siebten oder achten Glas Champagner, das sie auf das Wohl ihres Bruders und seiner zukünftigen Ehefrau getrunken hatte, an nicht mehr allzu viel erinnerte. Steve und Mandy waren so glücklich und so verliebt gewesen – Liz hatte einfach immer wieder mit ihnen anstoßen müssen. Sie, die normalerweise nie mehr als ein Glas Wein am Abend trank, hatte reichlich dem köstlichen, prickelnden Champagner zugesprochen.

Es kommt jedoch nicht allzu oft vor, daß der ältere Bruder seine bevorstehende Hochzeit feiert, überlegte

Liz. Und die Party hatte in ihrem eigenen Apartment stattgefunden, so daß sie sich keine Sorgen darüber hatte machen müssen, wie sie in ihrem beschwipsten Zustand nach Hause käme. Tatsächlich erinnerte sich Liz nicht einmal mehr daran, wie sie ins Bett gekommen war.

Himmel, ihr Kopf schmerzte zum Zerspringen. Womit hatte sie das nur verdient?

Liz stöhnte.

Sie stöhnte, weil ihr alles weh tat, und sie außerdem die Hoffnung hatte, daß sie sich danach irgendwie besser fühlen würde. Aber das war nicht so. Trotzdem stöhnte sie noch einmal.

»Bitte nicht«, murmelte eine tiefe Stimme.

Liz erstarrte. Ihr ganzer Körper versteifte sich. Sie riß die Augen auf und drehte den Kopf heftig zur Seite. Mit schreckgeweiteten Augen und hämmernden Schläfen starrte sie auf die Szene, die sich ihr bot. Das konnte doch nicht wahr sein! Das durfte einfach nicht wahr sein!

Sie war nicht allein in dem großen Doppelbett. Ein halbnackter Mann, der nur eine graue Leinenhose trug, lag ausgestreckt neben ihr auf dem Rücken. Eine seiner großen Hände ruhten auf seinem entblößten Oberkörper. Der Fremde hielt die Augen fest geschlossen.

Liz betrachtete sein Profil. Er hatte ein ausgesprochen gutgeschnittenes Gesicht und dichtes, schwarzes Haar. Seine Schultern waren breit und sein Oberkörper athletisch. Der Mann war groß – seine nackten Füße reichten bis zum unteren Ende des Bettes.

Ohne Zweifel handelt es sich um ein attraktives Mitglied der männlichen Rasse, stellte Liz benommen fest.

Aber was hatte dieser Mann in ihrem Bett zu suchen?

Bleib cool, befahl sie sich selbst. Es gelang ihr doch

meistens, auch in den unmöglichsten Situationen die Ruhe zu bewahren. Liz war bekannt für ihre Gelassenheit. Sie war selbst stolz auf ihre Fähigkeit, selbst im größten Chaos einen klaren Kopf zu bewahren – und ruhig zu bleiben!

Ein seltsamer kleiner Laut entrang sich ihren Lippen. Liz wußte, daß sie kurz davor stand, hysterisch loszuschreien. Sie war im Moment entschieden alles andere als ruhig!

In ihrem Bett lag ein halbnackter Mann!

Sie hatte ihn nie zuvor gesehen!

Und sie hatte keine Ahnung, wie er in ihr Bett gekommen war!

Sie schrie auf.

Der Fremde neben ihr fuhr hoch. Bevor sie erneut aufschreien konnte, preßte Liz sich die Hand auf den Mund. Der Mann neben ihr hielt sich mit beiden Händen den Kopf und stöhnte tief auf. Dann sank er zurück auf das Kopfkissen. Die Hände preßte er immer noch gegen seine Schläfen, und er hielt die Augen geschlossen.

»Um Himmels willen«, bemerkte er unterdrückt. »Tun Sie das nicht noch einmal!«

Liz richtete sich mühsam im Bett auf. Sie ignorierte die pochenden Schmerzen in ihrem Kopf und hinter ihren Augen. Als sie im Bett kniete, stellte sie geistesabwesend fest, daß sie ihr rotes, riesiges T-Shirt mit der weißen Zehn auf der Brust trug. Ganz kurz wurde ihr schwindlig, und sie legte eine Hand auf die Stirn. Dann richtete sie sich weiter auf.

»He, wer, zum Teufel, sind Sie? Und was machen Sie in meinem Bett?« Liz stellte fest, daß ihre Stimme zitterte. »Wie sind Sie hierher gekommen? Und ich schreie, wann ich will, Mister, denn das hier ist mein Schlafzimmer!

Und Sie gehören da nicht hin! Raus aus meinem Bett – oder ich schreie die ganze Nachbarschaft zusammen. Verstanden?«

Der Fremde ließ die Hände auf die Brust sinken. Dann drehte er langsam den Kopf und blickte sie aus halbgeschlossenen Augen an. »Mmm?«

Oh, er ist wirklich attraktiv, stellte Liz fest. Selbst in diesem Zustand strahlte er Kraft und Männlichkeit aus. Und sein Körper war einfach göttlich! Das änderte allerdings nichts an der Tatsache, daß er sie störte, daß sie keine Ahnung hatte, wer er war. Und daß er in ihrem Bett nichts zu suchen hatte.

»Raus aus meinem Bett!« fuhr sie ihn an.

»Oh, zum Teufel!« Er schloß die Augen. »Hören Sie doch auf, so zu schreien. Ich fühle mich hundsmiserabel, Liz. Sie könnten mich zumindest in aller Ruhe aufstehen lassen.«

Liz? überlegte sie bestürzt. Er kennt mich? Warum weiß ich denn nicht, wer er ist?

Offenbar fühlte er sich genauso elend wie sie selbst. Das bedeutete, daß er gestern abend auf der Party auch zuviel getrunken hatte. Und doch konnte sie sich nicht daran erinnern, ihn gesehen oder mit ihm gesprochen zu haben. Großer Gott, das war ja entsetzlich! So etwas war ihr in ihrem fünfundzwanzigjährigen Dasein noch nie passiert. Liz hatte immer ein überschaubares, ruhiges Leben geführt. Liz Barton wachte nicht mit einem Kater und einem Fremden neben sich im Bett auf! Zum Glück wachte sie überhaupt nie mit einem Mann neben sich auf! Und sie gab auch keine wilden Partys.

Nun, dachte Liz trocken, wenn ich mich einmal daneben benehme, dann aber auch gründlich. Gestern abend war sie zum erstenmal in ihrem Leben beschwipst gewesen. Jetzt litt sie unsäglich unter den Nachwirkungen. Und in ihrem Bett lag ein halbnackter Fremder!

Wie komme ich nur aus diesem Fiasko wieder heraus, ohne nicht auch noch den letzten Rest meiner Würde zu verlieren? fragte sie sich verzweifelt, während sie sich die Schläfen rieb. Hatte sie sich wieder gefangen? War sie jetzt ruhig? Ja, entschied sie bei sich. Ich habe mich völlig unter Kontrolle und bin ganz ruhig . . . Zumindest hoffte sie das.

»Nun«, erklärte sie mit betont forscher Stimme. »Die Party ist vorüber. Jetzt heißt es aufstehen und nach Hause gehen. Alle Gäste haben das getan.«

»Mm.«

»Ich gehe jetzt unter die Dusche, und wenn ich wiederkomme, sind Sie verschwunden . . . fort . . . auf Nimmerwiedersehen. So, ich gehe jetzt ins Bad.«

»Liz, würden Sie bitte, bitte still sein.«

»Jetzt reicht es mir aber.« Empört sprang Liz mit einem Satz aus dem Bett. Als sie auf den Füßen stand, schwankte sie einen Augenblick. Alles drehte sich um sie. Liz legte beide Hände auf den Kopf, so, als könnte sie ihn nur dadurch noch auf ihrem Körper halten. Sie starrte finster auf den Fremden in ihrem Bett. »Sie haben genau drei Sekunden, um aufzustehen und zu verschwinden, mein Junge. Sonst rufe ich die Polizei. Wenn Sie glauben, daß ich nur Spaß mache – bitte, probieren Sie es aus. Oh – da fällt mir noch etwas ein. Woher wissen Sie eigentlich, wie ich heiße? Ich habe nicht die geringste Ahnung, wer Sie sind. Bitte, beantworten Sie mir meine Frage.«

Der Mann drehte den Kopf zur Seite und öffnete die Augen. Sie waren sehr dunkel, beinahe schwarz.

Er hat wunderschöne Augen, stellte Liz bei sich fest.

Und so lange, dichte Wimpern . . . Er sieht wirklich ausgesprochen gut aus.

Oh, vergiß es! befahl sie sich selbst. Genug ist genug.

»Ich bin Dave McHugh«, erklärte er mit tiefer Stimme. »Ihr Bruder Steve hat uns gestern abend auf der Party miteinander bekannt gemacht.«

Und du bist Liz, überlegte Dave. Liz . . . mit den hellen, blauen Augen und den tiefroten langen Locken. Liz Barton – eine schlanke, grazile junge Frau mit dem aparten Gesicht und einem sinnlichen Mund. Gestern abend hatte sie in ihrem smaragdgrünen Seidenkleid, das ihre schmale Taille und die sanfte Rundung ihrer Brüste betonte, phantastisch ausgesehen.

Jetzt stand sie in diesem riesigen T-Shirt vor ihm, das wie ein Fußballtrikot aussah und hatte die Hände auf den Kopf gelegt. Das T-Shirt reichte nicht bis über ihre wohlgeformten Oberschenkel. Liz sah aus, als würde sie jeden Augenblick auf ihn losgehen, und Dave spürte, wie sehr ihn ihr Anblick erregte. Er hatte noch nie jemanden mit einem offenbar schweren Kater erlebt, der so aufregend aussah wie Liz. Und sie erinnerte sich nicht einmal mehr an ihn! Zum Teufel!

»Ich bin gestern abend erst spät gekommen«, berichtete er. »Mein Flugzeug hatte Verspätung. Bei euch in Denver lassen sie die Maschinen endlos auf die Landung warten! Jedenfalls war die Party schon in vollem Gang, als ich ankam. Und offenbar waren Sie ein wenig beschwipst . . .« Er lächelte. »Wenn Sie sich überhaupt nicht mehr an mich erinnern . . . Ich erinnere mich dafür um so besser. Sie waren das hübscheste, fröhlichste und ausgelassenste Mädchen auf der Party.«

Großartig, dachte Liz. Zu allem Überfluß hatte Dave McHugh ein Lächeln, das Eisberge zum Schmelzen bringen konnte. Jede andere Frau, die diesen Mann in ihrem Bett vorgefunden hätte, hätte ihn für ein Geschenk des Himmels gehalten. Für Liz war er wie ein schlimmer Alptraum. Auch wenn Dave der attraktivste Mann war, den sie jemals kennengelernt hatte – ihr passierten solche Dinge einfach nicht!

Aber Dave liegt immer noch in meinem Bett, dachte sie niedergeschlagen. Sie war mit ihren Bemühungen, ihn hinauszuwerfen, keinen einzigen Schritt weitergekommen. Oh, ihr Kopf tat so weh!

»Mein Kopf tut so weh.« Sie stöhnte leise auf. Dann ließ sie die Hände sinken und ballte die Fäuste. »Also, Mr. McHugh . . .«

»Dave.« Mit schmerzverzerrtem Gesicht setzte er sich langsam auf und schlang die Arme um die hochgezogenen Knie. »Nennen Sie mich Dave, und ich sage Liz zu Ihnen. Ihr Bruder und ich sind seit langem befreundet. Ich gehöre praktisch zur Familie.«

Zur Familie? wiederholte er im Geist. So wie sein Körper auf Liz Barton reagierte, empfand er ihr gegenüber alles andere als brüderliche Gefühle. Hatte sie überhaupt eine Vorstellung davon, wie aufregend sie so verschlafen und zerzaust aussah? Am liebsten wäre er mit den Fingern durch ihre wirren roten Locken gefahren. Nein, offenbar hatte sie keine Ahnung. Wie gern wäre er jetzt aus dem Bett gesprungen und hätte sie in die Arme genommen. Und . . .

»Dave«, erklärte Liz fest. »Vielleicht sind Sie und Steve wirklich alte Freunde. Aber ich kenne Sie nicht. Und selbst wenn . . . Sie können hier nicht so einfach in meinem Bett liegen. Ich habe Sie nicht dazu eingeladen.«

»Dann tun Sie es doch nachträglich.« Er lächelte ihr entwaffnend zu.

Liz blickte ihn nur finster an. »Vergessen Sie es.«

Dave seufzte. »Warum regen Sie sich so auf? Es ist doch nichts passiert. Normalerweise benehme ich mich auf Partys nicht daneben, Liz. Gestern abend war ich einfach todmüde, hatte kaum etwas gegessen . . .« Er zuckte die Schultern. »Da hat mich der Champagner wohl umgehauen.«

»Denken Sie etwa, daß ich mich regelmäßig betrinke?« Ihre Stimme hob sich. »Oh . . . oh . . . mein Kopf! Noch nie in meinem Leben war ich beschwipst! Wo war eigentlich Steve? Wie konnte er es wagen, mich mit einem Fremden im Bett allein zu lassen?«

»Ich bin kein Fremder. Ich bin Steves Trauzeuge bei der Hochzeit. Steve und ich waren vor Jahren zusammen bei der Marine und haben seitdem nie den Kontakt zueinander verloren. Er hat mich oft in San Francisco besucht.«

»Sie sind dieser alte Kumpel? Ja, jetzt erinnere ich mich – Ich glaube, ich habe Ihren Namen schon öfter gehört. Mein Bruder hat manchmal vor irgendwelchen wüsten Eskapaden erzählt.«

»Da war ich noch in den Flegeljahren.« Dave lächelte wieder. »Heute sind Steve und ich ordentliche Mitglieder der Gesellschaft.«

»Seit Steve sich in Mandy verliebt hat, ist er wirklich verändert. Zumindest übt sie einen stabilisierenden Einfluß auf ihn aus.«

»So? Vielleicht brauche ich auch so eine Frau, Liz. Eine nette Frau, die mich unter ihre Fittiche nimmt, meinem Leben einen Sinn und eine Richtung gibt, und . . .«

»Oh, hören Sie auf!« Liz schüttelte den Kopf. Im nächsten Moment preßte sie eine Hand gegen die Stirn. Dann durchquerte sie entschlossen den Raum. »Ich gehe jetzt unter die Dusche.« Sie riß eine Schranktür auf und zerrte mit der freien Hand einige Kleidungsstücke heraus. »Wenn ich aus dem Bad komme, sind Sie verschwunden!« Liz ging ins Badezimmer, das sich an das Schlafzimmer anschloß, und knallte die Tür hinter sich zu.

»Aber ich bin doch gerade erst angekommen, liebste Liz.« Dave blickte grinsend auf die geschlossene Badezimmertür.

Unter der Dusche schloß Liz die Augen und ließ das heiße Wasser über ihren Körper rinnen. Dave McHugh . . . Ja, jetzt erinnerte sie sich endgültig an diesen Namen. Steve hatte ihn oft in seinen Erzählungen erwähnt. Allerdings hatte Liz sich meistens bemüht, nicht hinzuhören, wenn er sich grinsend mit ihrem Vater ›von Mann zu Mann‹ unterhielt.

Steve und Dave waren offenbar ein wüstes, draufgängerisches Gespann gewesen. Mit zweiunddreißig hatte Steve sich endlich ein wenig zur Ruhe gesetzt – und das war nur auf Mandys Einfluß zurückzuführen.

Liz wusch sich die Haare. Sie seufzte vor Erleichterung, als ihre Kopfschmerzen etwas nachließen. Hatte sich Dave McHugh auch verändert? Oder war er, trotz seiner Behauptung, ein ordentliches Mitglied der Gesellschaft zu sein, immer noch ein wilder Draufgänger?

Er war jedenfalls kein bißchen verlegen gewesen, als er neben einer Frau aufgewacht war, die er erst am Vorabend kennengelernt hatte. So wie er aussah, liefen ihm ohne Zweifel die Frauen in Scharen hinterher. Und ausgerechnet er brauchte eine nette Frau, die seinem Leben einen Sinn und eine Richtung gab? Ha! Wahrscheinlich brauchte er einen Leibwächter, der ihm den größten Ärger vom Hals hielt!

»Er ist nicht mein Typ«, stellte Liz laut fest und schluckte dabei beinahe Wasser. »Er ist entschieden nicht mein Typ!«

Sie drehte die Dusche ab und langte nach dem Badetuch. Nein, Dave war nicht ihr Typ, aber alle anderen Bartons – Steve, ihre Mutter und ihr Vater – würden ihn mit offenen Armen empfangen. Liz erinnerte sich nur allzu gut an das laute Gelächter ihres Vaters, wenn Steve von seinen Abenteuern berichtet hatte. Er hatte seinem Sohn versichert, daß er ganz nach den männlichen Mitgliedern der Barton-Familie schlug. Wenn Dave immer noch der Draufgänger von früher war, würde er gut in den Barton-Clan hineinpassen.

Im Gegensatz zu Liz. Sie paßte da nicht hinein.

Seufzend trocknete sie sich mit dem Handtuch die Haare. Irgendwie war sie in dieser Familie immer eine Außenseiterin gewesen. Sie war zu vorsichtig, zu vernünftig, um eine echte Barton zu sein. Oh – alle liebten sie, und sie war stolz auf ihre Familie, aber sie hatte sich nie richtig dazugehörig gefühlt.

Liz zog sich einen grünen Sweater und Jeans an und bürstete dann ihre zerzausten, feuchten Locken.

Selbst Mandy hatte dieses gewisse Funkeln in den Augen, das ihre Abenteuerlust verriet. Sicherlich hatte sie Steve ein wenig gezähmt, aber die beiden führten trotzdem ein recht bewegtes Leben. Im Augenblick schliefen sie in ihren Schlafsäcken in einem alten Haus, das sie gekauft hatten und jetzt vom Keller bis zum Dachboden renovierten. So etwas war entschieden nichts für Liz.

Und jetzt ist Dave McHugh hier, stellte Liz fest, Steves bester Freund. Und noch jemand, der ihr beweisen würde, wie wenig sie in die Barton-Familie hineinpaßte. Dave war ihr ungefähr so willkommen wie ein schmerzender, entzündeter Zahn! Und in ihrem Bett hatte er nichts verloren.

Liz riß die Badezimmertür auf. Sie blieb stehen, blinzelte und trat dann langsam ins Schlafzimmer. Ihr Blick glitt über das Bett.

Er war fort. Dave war gegangen. Was hätte er auch sonst tun sollen, dachte Liz. Sie selbst hatte ihn aufgefordert zu verschwinden. Und sie war jetzt auch nicht enttäuscht! Was für ein absurder Gedanke! Dave war fort, und das war gut so. Während er sich in Denver aufhielt, würde Liz ihm aus dem Weg gehen. Da er Steves bester Freund war, konnte Dave auf keinen Fall ihr Typ sein. Dave war wie ein echter Barton – und Liz gehörte nur dem Namen nach zur Familie.

Liz schnupperte. Duftete es etwa nach Kaffee? War das tatsächlich das köstliche Aroma von frisch aufgebrühtem, lebensspendendem Kaffee? Ein Kater war doch eine merkwürdige Angelegenheit. Liz hatte gehofft, die restlichen Kopfschmerzen mit zwei Aspirin und ein paar Tassen starken, heißen Kaffee zu vertreiben. Und jetzt hatte sie Halluzinationen und den Kaffeeduft schon in der Nase! Das war schon verrückt.

Sie schlüpfte in ihre rot-grün gestreiften Slipper, die Steve ihr voriges Jahr zu Weihnachten geschenkt hatte, und verließ das Schlafzimmer.

An der Küchentür blieb sie stehen, warf einen Blick in die Küche und schrie laut auf.

Dave fuhr herum. Er hielt sich an der Anrichte fest und funkelte Liz an. »Würden Sie bitte damit aufhören? Mein

Kopf hält dieses Gekreische heute morgen nicht aus, Liz.«

Sie stürmte in die Küche. Bei der heftigen Bewegung verstärkten sich ihre Kopfschmerzen wieder. »Was machen Sie hier? Sie sollten schon längst verschwunden sein, McHugh.«

Die Küche ist für uns beide nicht groß genug, dachte Liz, als sie die Anrichte erreicht hatte, wo sie sicheren Halt fand. Ein Kater war gräßlich, und Dave war ihr viel zu nah . . . Aber sie konnte zumindest sicher sein, daß das flaue Gefühl in ihrem Magen auf ihren augenblicklichen verkaterten Zustand zurückzuführen war – und nichts mit Daves Anwesenheit zu tun hatte. »Nun?«

»He, entspannen Sie sich.« Dave hob in einer versöhnlichen Geste die Hände. »Ich habe Kaffee gekocht. Ich dachte, daß wir beide ihn gut gebrauchen können. Außerdem . . .« Er fuhr sich mit der Hand durchs Gesicht. »Außerdem muß ich mich erst einmal etwas frisch machen, bevor ich zu meinem Hotel fahre. Ich sehe aus wie ein Landstreicher. Gestern bin ich direkt vom Flughafen aus hierher gefahren, und mein Gepäck steht bei Ihnen im Wohnzimmer. Sie haben doch bestimmt nichts dagegen, wenn ich mich schnell dusche und rasiere? Oder?«

»Ich . . .«

»Immerhin habe ich Kaffee gekocht. Da sind Sie mir auch einen Gefallen schuldig.« Dave ging um sie herum zur Tür. »Ich bin gleich zurück.«

»Aber . . .« Liz starrte unschlüssig auf die Kaffeemaschine. »Also gut, eine Tasse Kaffee, und dann muß er verschwinden. Eine Tasse Kaffee«, murmelte sie vor sich hin und preßte die Hand auf die Stirn.

Dave rasierte sich, dann trat er unter die Dusche und genoß das heiße Wasser. Außerdem genoß er die Tatsache, daß er noch nicht auf dem Weg zu seinem Hotel, sondern immer noch bei der bezaubernden Liz Barton war.

Schon vor Jahren hatte Steve ihm von seiner ›lästigen kleinen Schwester‹ erzählt. Dave war sich immer sicher gewesen, daß sein Freund sie trotz aller brüderlichen Klagen sehr liebte.

Dave wußte, daß Steve seiner Schwester immer helfen würde, wenn sie in Schwierigkeiten stecken sollte. Steve hatte auch oft von seinen Eltern erzählt – und dabei hatte seine Stimme genauso stolz und liebevoll geklungen wie bei den Berichten über Liz.

Mit zusammengezogenen Brauen seifte sich Dave ein. Die Bartons waren eine richtige Familie – eine Familie wie aus dem Bilderbuch. Dave hatte immer gern zugehört, wenn Steve von ihr erzählt hatte – von den gemeinsam verbrachten Ferien und Feiertagen und von ihrer Liebe zueinander und ihrem Zusammenhalt.

Manchmal war Dave ein wenig neidisch gewesen. Dann hatte er sich dazu gezwungen, keine Vergleiche zwischen seinem eigenen Leben und dem von Steve anzustellen. Das hatte wenig Sinn.

Dave stellte fest, daß sein Freund ihn überhaupt nicht darauf vorbereitet hatte, daß Liz mittlerweile erwachsen war. Sie war jetzt eine hübsche junge Frau, die eine sehr erwachsene männliche Reaktion bei ihm hervorrief. Nach Steves Erzählungen war bei Dave irgendwie der Eindruck entstanden, daß Liz ein junges naives Mädchen an der Grenze zum Erwachsenwerden war.

Er stellte das Wasser ab und trat auf die flauschige Badematte. Geistesabwesend trocknete er sich ab, dabei überlegte er, was Steve alles über seine Schwester gesagt hatte.

Er konnte sich nicht erinnern, daß sein Freund erwähnt hätte, daß es in Liz' Leben einen Mann gab. Tatsächlich hatten seine Bemerkungen den Eindruck erweckt, als wäre Liz noch viel zu jung, um etwas mit einem Mann anfangen zu können. Was hatte Steve noch alles erzählt? Irgend etwas über . . . Ja, jetzt fiel es Dave wieder ein. Mehr als einmal hatte Steve erwähnt, daß Liz anders sei als die übrigen Bartons. Sie war offenbar das konservativste Mitglied der Familie, jemand, der ein geordnetes und zielstrebiges Leben führte.

Dave lächelte. Kein Wunder, daß sie so laut geschrien hatte, als sie ihn neben sich im Bett vorgefunden hatte! Er war sich sicher, daß Liz an unvorhergesehene Zwischenfälle in ihrem geordneten Leben nicht gewöhnt war.

Langsam erstarb sein Lächeln. Stirnrunzelnd zog er seine Jeans und einen grauen Sweater an. Sehe ich die Dinge auch richtig? fragte er sich. Ist es wirklich so, daß Steve seine Schwester immer noch für ein junges, naives Mädchen hält, nur weil sie nicht die Sorglosigkeit und Spontaneität der Bartons besitzt? Hatte Steve nicht bemerkt, daß Liz eine erwachsene Frau geworden war mit einer eigenen Persönlichkeit – auch wenn sie sich von ihrem Bruder und den übrigen Bartons unterschied?

Und Liz? überlegte Dave, während er sich das feuchte Haar kämmte. Sie hatte behauptet, daß Steve ein wenig ruhiger geworden war, seit er sich in Mandy verliebt hatte – und daß sie von Steves und seinen ›wilden Eskapaden‹ gehört hätte. Dave erinnerte sich, wie oft Steve ihm erzählt hatte, daß die ganze Familie sich über seine Anekdoten amüsierte nur Liz nicht.

War es nicht schwierig für sie, wenn sie so ganz anders

als die übrigen Familienmitglieder war? Dave wußte, daß alle sie liebten. Aber fühlte sie sich nicht trotzdem als Außenseiterin? War Liz Barton einsam?

Kopfschüttelnd verließ Dave das Bad. McHugh, befahl er sich selbst, zerbrich dir nicht länger den Kopf darüber. Es war doch sonst nicht seine Art, Psychotherapeut zu spielen und die komplizierte seelische Verfassung seiner Freunde und Bekannten zu analysieren. Liz Barton beschäftigte ihn zweifellos nur so sehr, weil er immer noch keinen klaren Gedanken fassen konnte und sein Schädel noch brummte. Nach einer Tasse Kaffee und zwei Aspirin würde er sich wieder um seine eigenen Angelegenheiten kümmern. Liz war für ihn nichts anderes als die nette, kleine Schwester seines besten Freundes – und überhaupt nicht sein Typ. Basta! So und nicht anders lagen die Dinge.

Dave nickte entschlossen – eine Bewegung, die er auf der Stelle bereute. Ein heftiger Schmerz durchzuckte seinen Kopf. Dave machte sich nicht die Mühe, Schuhe und Strümpfe anzuziehen und ging barfuß durch das Schlafzimmer hindurch in den Wohnraum. Zum erstenmal stellte er fest, welches Chaos in dem Zimmer herrschte. Vom vergangenen Abend standen noch überall Gläser und überquellende Aschenbecher herum. Reste von Kartoffelchips und Salzbrezeln sowie leere Champagnerflaschen lagen auf dem Teppich.

Dave blieb stehen und blickte sich um. Eigentlich war das hier ein recht nettes Apartment. Das Wohnzimmer war groß, und Liz hatte es in warmen Braun-, Orange- und Gelbtönen eingerichtet.

Und es hatte einen offenen Kamin. Für Dave gab es nichts Schöneres in einer kalten Winternacht als ein prasselndes Kaminfeuer . . . Leise Musik, ein guter

Cognac – und dann Liz, die sich an ihn schmiegte, und die er auf die Lippen küßte . . .

Dave zog die Brauen zusammen. Wen küßte er da in seiner Phantasie? Zum Teufel, hatte er nicht gerade eben ein längeres Selbstgespräch geführt und entschieden, daß Liz nicht sein Fall war? Und daß er sie während seines Aufenthaltes in Denver so wenig wie möglich sehen wollte? Doch, genau das hatte er für sich entschieden.

Sie war die kleine Schwester seines besten Freundes! Und damit verbotenes Territorium. Außerdem wußte Dave genau, wann ein Frau die Regeln ›keine Verpflichtungen, keine Versprechen, es zählt nur der Augenblick‹ kannte und akzeptierte. In jeder Stadt und in jedem Land, in dem er gewesen war, hatte es genügend solcher Frauen gegeben. Aber Liz Barton gehörte mit Sicherheit nicht dazu.

Alles klar, McHugh? fragte er sich selbst trocken. Ein Kater und die Tatsache, daß er noch keinen belebenden Kaffee getrunken hatte, reichten offenbar aus, ihm völlig das Gehirn zu umnebeln.

Dave verließ das Wohnzimmer und ging zur Küche. In der Tür hielt er inne. Liz saß an dem Tisch in der kleinen Eßecke. Vor ihr stand eine Tasse Kaffee. Liz hatte die Ellbogen aufgestützt und die Stirn gegen die Hände gelegt. Ihre roten Locken fielen weich über ihr Gesicht und über ihre Schultern.

Sie sieht so klein und zerbrechlich aus, dachte Dave. Am liebsten hätte er sie an sich gezogen und sie festgehalten. Und am liebsten hätte er ihr versichert, daß die Kopfschmerzen bald verschwinden würden, und daß ihr nichts geschehen könnte, weil er bei ihr war . . .

Was ist denn in mich gefahren? fragte er sich verblüfft.

Er war doch kein Ritter in schimmernder Rüstung, der den Armen und Entrechteten zu Hilfe eilte und auf seinem Weg heldenhaft getötete Drachen hinterließ! Er hatte sich zwar noch nie absichtlich über die Gefühle anderer hinweggesetzt, aber er kannte auch keine fürsorglichen Beschützerinstinkte. Er lebte sein Leben für sich allein. Das war schon immer so gewesen, und das würde auch immer so sein. Nur Steve bedeutete eine Ausnahme – er war der einzige Mensch, den Dave so nah an sich herangelassen hatte, daß er ihn einen Freund nennen konnte.

Verflixt! Dave riß sich von Liz Anblick los und betrat die Küche. Diese Liz warf ihn vollkommen aus der Bahn. Aber nein, das alles lag nur an seinen Kopfschmerzen!

Dave schenkte sich eine Tasse Kaffee ein, nahm zwei Aspirin aus der Schachtel, die neben der Kaffeemaschine lag und setzte sich Liz gegenüber an den Tisch. Er nippte an seinem Kaffee, sog den köstlichen Duft ein und schluckte zwei Aspirin.

Langsam hob Liz den Kopf und sah ihn an.

Oh, zum Teufel! Es ist tatsächlich Liz, die mich aus dem Gleichgewicht bringt, stellte Dave fest. Dieses Ziehen in seinem Unterleib konnte er weiß Gott nicht auf den Kater schieben!

Liz' große blaue Augen brachten ihn um den Verstand. Und diese Lippen . . . Himmel, wie sehr sehnte er sich danach, diesen Mund zu küssen, mit der Zunge zwischen ihre Lippen zu gleiten, Liz' schlanken Körper an sich zu pressen. Er begehrte . . . ja, er begehrte Liz Barton.

Dave räusperte sich und trank einen großen Schluck Kaffee. »Fühlen Sie sich besser?« erkundigte er sich und starrte dabei in seine Tasse.

Liz nickte. »Ein wenig.«

Ich habe nur noch ein flaues Gefühl im Magen, fügte sie insgeheim hinzu. Dave McHugh sah noch besser aus, als sie gedacht hatte. Er war einfach ein unglaublich attraktiver Mann.

Wie es wohl wäre, wenn er sie küssen würde, bis ihr der Atem ausging? Wie würde sie sich in seinen starken Armen fühlen, wenn er sie an sich preßte? Wie wäre es, mit ihm . . . Oh, Himmel!

»Geht es Ihnen denn besser?« fragte sie.

Er sah ihr tief in die Augen. »Ein wenig.«

Keiner von beiden bewegte sich. Sie sahen sich nur an. Eine fast greifbare erotische Spannung hatte sich zwischen ihnen aufgebaut.

Liz' Brüste schmerzten vor Sehnsucht.

Daves Körper fühlte sich angespannt und erhitzt an.

Ihr Verlangen nacheinander wurde unerträglich.

»Liz . . .« Daves Stimme klang rauh.

Sie blinzelte, dann richtete sie sich auf. Ihre Augen weiteten sich. »Ich . . . ich glaube, ich brauche noch eine Tasse Kaffee.« Unsicher erhob sie sich.

Auch Dave stand auf. Er fing Liz neben dem Tisch ab und umfaßte ihre Schultern.

»Liz . . .«

»Möchten Sie auch noch etwas Kaffee?« fragte sie mit zitternder Stimme und starrte auf seine Brust.

»Gleich. Liz, irgend etwas geschieht hier zwischen uns. Fühlst du es auch?«

»Nein.«

»Doch, auch du spürst es. Sieh mich an.«

»Nein.«

»Liz, sieh mich an.«

Langsam hob sie den Kopf und begegnete seinem Blick.

»Ja, du fühlst es auch«, sagte Dave leise und senkte den Kopf. »Du fühlst es, genau wie ich. Nicht wahr, Liz?«

»Nein, ich . . . Ja . . .«

Du darfst diese Frau nicht küssen! befahl Dave sich selbst.

Diesen Mann darfst du auf keinen Fall küssen! dachte Liz verzweifelt.

Er küßte sie. Liz schloß die Augen, als Daves Lippen ihren Mund bedeckten.

Unwillkürlich hob sie die Arme und schlang sie um seinen Nacken. Dave ließ seine Hände von ihren Schultern auf ihren Rücken gleiten und zog sie an sich. Liz' Brüste preßten sich gegen seinen Oberkörper. Ihr Kuß wurde fordernder und leidenschaftlicher, ihr Verlangen nacheinander steigerte sich . . .

So hat mich noch nie jemand geküßt, stellte Liz verträumt fest. Nie zuvor hatte sie ein so überwältigendes Verlangen verspürt. Dieser Kuß sollte niemals enden. Niemals. Dave McHugh entführte sie aus der Wirklichkeit . . . immer weiter weg . . .

Daves Hände glitten liebkosend über ihren Rücken und dann über ihren Po. Er preßte Liz noch enger an sich. Sie will mich auch, dachte er triumphierend, und seine Sehnsucht nach ihr wuchs ins Unermeßliche. Er spürte, wie er im Begriff war, die Kontrolle über sich zu verlieren.

Er begehrte Liz Barton. Und er würde mit ihr schlafen. Jetzt! Ihre Küsse, ihr anschmiegsamer Körper, der sich an ihn drängte, verrieten ihm, daß ihr Verlangen ebenso groß war wie seins. Nichts zählte mehr auf der Welt außer ihnen beiden und dem, was zwischen ihnen geschehen würde. Er und Liz' Barton . . . Barton? Steve Barton! Oh, zum Teufel!

Dave riß den Kopf hoch und holte zitternd tief Luft. Dann löste er Liz Arme von seinem Hals und ergriff ihre Hände. Mit großen schimmernden Augen blickte sie zu ihm auf.

»Liz, wir . . .« Er hielt inne. Seine Stimme schien ihm nicht mehr zu gehorchen. »Wir müssen aufhören. Ich weiß, daß du mich ebenso begehrst wie ich dich, aber . . .«

»Wie bitte?« flüsterte sie, dann schüttelte sie den Kopf, wie um ihn zu klären. »Großer Gott, was mache ich hier? Was tust du?«

»Wir tun«, erwiderte er. »Und wir tun es verdammt gut! Du, Miß Barton, bist nicht das unschuldige kleine Mädchen, von dem mir Steve erzählt hat.«

Liz entzog ihm ihre Hände und trat einen Schritt zurück. »Doch, das bin ich. Das heißt . . . nein, das bin ich nicht . . . Ich bin kein kleines Mädchen. Aber Steve spricht immer von mir, als sei ich noch ein Kind. Ich bin fünfundzwanzig, Mr. McHugh.«

»Das hat Steve vergessen zu erwähnen. Ich hielt seine kleine Schwester für siebzehn oder achtzehn, höchstens. Aber so, wie du dich eben verhalten hast, bist du ganz entschieden eine erwachsene Frau.«

Liz sah ihn fragend an.

»Du willst mich. Und glaub mir, ich will dich auch. Großer Gott, ich bin verrückt nach dir, Liz. Mich stört nur, daß du Steves Schwester bist. Aber das ist mein Problem, und ich werde damit fertig.« Er streckte die Arme nach ihr aus. »Komm zu mir.«

Liz wehrte seine Hände ab. Sie wich noch weiter

zurück, bis sie an der Wand stand. »Ich habe niemals behauptet, daß ich dich begehre.«

Dave trat langsam auf sie zu. »Nein?« Seine Stimme klang tief und verführerisch. Sein Blick ließ sie nicht los. »Wir sind verrückt nacheinander, Liz.«

»Nein.«

»Doch. So etwas habe ich noch nie erlebt.« Er blieb vor ihr stehen und preßte die Handflächen rechts und links von ihrem Kopf an die Wand. »Ich weiß, daß es dir nicht anders geht als mir. Zwischen uns ist etwas ganz Besonderes. Habe ich recht, Liz? Ja?«

O ja, dachte Liz. Ja, ja, ja.

»Nein. Wir haben uns nur geküßt.« Dave sollte sie wieder und wieder küssen . . . »Du machst viel zuviel Aufhebens um diesen Kuß.« Er sollte sie stundenlang, tagelang, wochenlang, immer küssen. »Wir hätten uns nie küssen dürfen.«

Dave beugte sich vor und brachte sein Gesicht ganz nah an ihres. Dann ließ er seine Zunge über ihre Unterlippe gleiten. »Warum nicht?« Liz erbebte. »Es war wunderschön.« Seine Zunge glitt über ihre Oberlippe. »Warum sollte ich dich nicht wieder und wieder küssen?«

»Weil . . . nun . . .« Denk nach, Liz, befahl sie sich selbst. Rasch! »Weil du Dave McHugh bist!«

»Gefällt dir mein Name nicht?« Seine Hände glitten durch ihre wilden Locken. »Dann ändere ich ihn. Wie soll ich deiner Meinung nach heißen?«

Liz preßte die Hände auf seine Brust und versuchte, ihn von sich zu schieben. Dave rührte sich jedoch nicht von der Stelle.

»Dein Name ist schon in Ordnung«, entgegnete sie.

»Darum geht es nicht. Aber du bist Steves bester Freund . . .«

»Na und?«

»Und du bist genauso wie er, bevor er Mandy kennenlernte. Du bist der beste Freund meines Bruders und sein Begleiter bei all diesen wüsten Eskapaden. Um es kurz zu machen, Mr. McHugh – wir beide haben nichts gemeinsam.« Außer diesem unglaublichen Verlangen, das aus ihrem Kuß gesprochen hatte. »Ich bin anders als mein Bruder, und auch anders als meine Eltern. Ich gehöre zwar zur Familie, bin aber keine richtige Barton. Und da du der Doppelgänger meines Bruders sein könntest, passen wir beide einfach nicht zusammen. Dieser Kuß war ein Fehler – er wird sich nicht wiederholen.« Wie schade, dachte sie.

»Wie schade«, sagte Dave laut, streifte ihren Mund zart mit seinen Lippen und spürte, wie sie erbebte. »Du bist nicht fair. Nur weil ich Steves bester Freund bin, bedeutet das noch lange nicht, daß ich . . .«

In dem Moment klopfte es an die Wohnungstür.

»Es hat geklopft!« bemerkte Liz erleichtert. »Ich muß die Tür öffnen. Wenn du mich bitte entschuldigst.«

Unwillig trat Dave zurück.

Liz lief um ihn herum und rannte beinahe zur Tür, um sie aufzureißen. »Mutter!«

Jenny Barton trat ins Zimmer. Sie war eine hochgewachsene schlanke und außergewöhnlich attraktive Frau mit modisch frisiertem grauen Haar. Sie trug einen roten Jogging-Anzug und Turnschuhe.

»Hallo, Darling.« Sie lächelte Liz zu. »Ich habe gerade meine Runde gedreht und wollte mal hören, wie die Party gestern abend war. Dein Vater ist immer noch wütend, weil ich behauptet habe, daß ihr jungen Leute lieber unter euch seid. So wie's hier aussieht, war die Party wohl ein voller Erfolg. Ich . . .« Ihr Blick fiel auf Dave. »Oh . . . interessant! Hallo, junger Mann. Ich bin Jenny Barton.«

»Dave McHugh«, erwiderte Dave und trat näher.

»Nein, so was!« Jenny strahlte. »Seit Jahren warten wir darauf, Sie endlich kennenzulernen, Dave. Herzlich willkommen in Denver.« Ihr Blick fiel auf Daves nackte Füße und dann auf die rot-grün gestreiften Slipper ihrer Tochter. »Das hier wird ja zunehmend interessanter.«

»Mutter, es ist nicht so, wie du denkst.«

»Hat Dave hier geschlafen?« erkundigte sich Jenny.

»Ja, aber . . . Dave, erklär es ihr!«

»Ich habe hier geschlafen, Mrs. Barton«, erklärte Dave liebenswürdig.

Jenny umfaßte mit beiden Händen das Gesicht ihrer Tochter. »Mein liebes Kind, ich freue mich so für dich. Ich habe das Gefühl, daß ich Dave fast so gut kenne wie meinen eigenen Sohn. Du bist doch eine echte Barton, Liebes . . . Ich freue mich für euch beide.«

»Aber . . .«, begann Liz.

»Ich muß jetzt weiter«, unterbrach Jenny sie. »Außerdem störe ich euch nur. Ich wünsche dir einen wunderschönen Tag, Liebes. Wiedersehen, Dave. Ich bin so froh, daß Sie hier sind!« Sie eilte aus der Wohnung und schloß hinter sich die Tür.

Langsam drehte sich Liz zu Dave um. Sie hatte die geballten Fäuste in die Seiten gestemmt und starrte ihn aus zusammengekniffenen Augen an.

Unwillkürlich zog er die Schultern hoch.

»Dave McHugh«, erklärte sie mit zusammengebissenen Zähnen. »Ich erwürge dich mit meinen bloßen Händen.«

2

»Halt, warte!« Dave hob abwehrend die Hände. »Bleib ruhig, bitte!«

»Ruhig?« Liz' Stimme klang sehr hoch. »Ich habe überhaupt nicht die Absicht, ruhig zu bleiben. Mein Leben lang bin ich ruhig gewesen. Davon habe ich die Nase gestrichen voll! Ich weigere mich – hör mir bitte gut zu –, ich weigere mich, ruhig zu bleiben.«

»Die ganze Nachbarschaft bekommt es mit.« Dave grinste. »Du hast eine durchdringende Stimme, und reichlich Temperament!«

O ja, dachte Dave, und in dir steckt soviel Leidenschaft! Der Kuß war nur die Spitze eines Eisbergs gewesen. Dave hatte das Verlangen in Liz' schimmernden Augen erkannt. Und selbst jetzt, in ihrem Zorn, war sie phantastisch! Ihre blauen Augen blitzten, ihre Wangen hatten sich gerötet, und ihr Atem ging in kurzen Stößen. Sie war wie eine geballte Ladung Dynamit.

»Sieh mal, Liz. Deine Mutter hat nicht die Absicht, deinen Vater und deinen Bruder auf mich zu hetzen. Du bist die einzige, die sich hier aufregt. Deine Mutter war ganz gelassen.«

»Kein Wunder! Sie denkt, daß ich endlich aus meinem Schneckenhaus hervorgekrochen bin – und es getan habe.«

Dave beugte sich vor. »Was getan?«

Liz fuchtelte mit den Händen in der Luft herum. »Das . . . was alle tun! Meine Mutter ist außer sich vor

Freude darüber, daß ich ›es‹ getan habe – mit einem Mann, der aus demselben Holz geschnitzt ist wie die Bartons. Ich habe endlich den Test bestanden, indem ich die Nacht mit dem berühmt-berüchtigten Dave McHugh verbracht habe. Einem Mann, der die selben Wertmaßstäbe und Verhaltensmuster hat wie mein Bruder. Und du stehst einfach da und bestätigst das, was meine Mutter vermutet, auch noch! ›Ja, natürlich, ich habe die Nacht mit ihrer lieben Tochter Liz verbracht . . .‹ Ich könnte dich ermorden, McHugh, aber du bist es nicht wert, daß ich dafür ins Gefängnis gehe.«

Stirnrunzelnd fuhr sich Dave mit der Hand über den Nacken. »Warte einen Moment! Solange du wie eine böse Hexe keifst, bekomme ich nicht alles von dem mit, was du meinst.« Liz schnaubte nur verächtlich. »Willst du etwa damit sagen, daß du . . . daß du noch Jungfrau bist? Nein, vergiß es. Es gibt keine fünfundzwanzigjährigen Jungfrauen mehr.« Er hielt inne. »Oder etwa doch? Bist du noch Jungfrau? Du liebe Güte, denkt deine Mutter womöglich, du hättest es mit mir zum erstenmal . . .«

Liz verschränkte die Arme vor der Brust und lächelte zuckersüß. »Allerdings. Sie glaubt, daß ich alte Jungfer endlich den Schritt gewagt habe, mich unsterblich zu verlieben und mich dem Mann meiner Träume fürs Leben zu versprechen. Und zu allem Überfluß habe ich mir einen Mann ausgesucht, den die ganze Familie verehrt!«

Dave legte eine Hand aufs Herz. »Mich?«

»Wen denn sonst? Du selbst hast meiner Mutter doch versichert, daß du hier geschlafen hast.«

»Nun ja, aber deine Eltern sind doch sehr aufgeschlossen. Ich weiß, daß Steve und Mandy seit fast einem Jahr zusammenleben, und das scheint deine Eltern überhaupt nicht zu stören. Steve und Mandy haben doch erst vorige Woche beschlossen, daß sie Weihnachten heiraten wollen. Warum sollte deine Mutter zu der irrigen Auffassung gelangen, daß du dich fürs Leben gebunden hast, nur weil du die Nacht mit einem Mann verbracht hast?«

»Weil ich anders bin als sie. Ich bin konservativ, vorsichtig, und ich habe völlig andere Ansichten als meine Familie. Damit will ich nicht behaupten, daß meine Eltern häufig wechselnde sexuelle Kontakte gutheißen, aber sie waren schon sehr besorgt, weil ich mit fünfundzwanzig immer noch keinen Mann gefunden habe, mit dem ich . . .«

»Mit dem du ›es‹ getan hättest. Allmählich fange ich an zu begreifen.«

»Meine Eltern sind mit Steves und Mandys Zusammenleben wirklich völlig einverstanden. Meine Mutter und mein Vater stammen aus zerrütteten Familien und hoffen inständig, daß weder ihre Kinder noch ihre Enkel jemals die Konflikte einer Scheidung erleben. Steve hat sich die Hörner abgestoßen, und dann hat er sich mit Mandy zur Ruhe gesetzt. Und ich? Ich bin so hoffnungslos rückständig, daß meine Familie sich händeringend fragt, welcher genetische Defekt bei mir vorliegen könnte.«

»Bis jetzt«, bemerkte Dave düster. »Jetzt hast du endlich den großen Schritt gewagt und ›es‹ getan.«

»Mit dem Mann, den ich liebe.« Liz sah ihn mit verführerischem Augenaufschlag an. »Hast du jemals etwas so Romantisches gehört? Meine Mutter hat wirklich eine hohe Meinung von dir. Immerhin weiß sie, daß ich dich erst gestern abend kennengelernt habe. Dein Ruf als Herzensbrecher muß noch besser sein, als sie dachte, wenn du sogar eine alte Jungfer schwach werden läßt.«

»Es gibt keinen Grund, so zynisch zu sein, Liz.«

»Ich nenne nur die Dinge beim Namen.« Liz zuckte die Schultern. »Dave McHugh ist dafür bekannt, daß er zuerst das Terrain sichtet und dann die Frau seiner Wahl erobert. In diesem Fall handelt es sich eben um die widerspenstige Liz Barton, die sich Hals über Kopf in ihn verliebt haben muß. Sonst hätte sie ›es‹ . . .«

»Du brauchst diese dumme Redewendung nicht ständig zu benutzen.« Dave fuhr sich ruhelos durchs Haar. »Und was passiert jetzt?«

»Keine Ahnung. Ich bin zum erstenmal in dieser Situation. Meine Mutter ist bestimmt nach Hause gejoggt, um meinem Vater die aufregende Neuigkeit mitzuteilen. Und zweifellos hat sie danach Steve und Mandy angerufen.«

»Großartig«, murmelte Dave.

»Ich kann mir gut vorstellen, was sie gesagt hat. Die kleine Liz hat sich verliebt! Ist das nicht wunderbar? Und ausgerechnet in Dave McHugh – einen Barton, wie er im Buch steht! Ist es nicht entzückend? Sie ist ein kleiner Nachzügler, unsere Liz, aber jetzt hat sie auf einen Schlag alles nachgeholt . . .«

»Sei still!« Dave unterbrach sie. »Warum kannst du deinen Eltern nicht einfach erklären, daß nichts passiert ist . . . daß wir einen über den Durst getrunken haben und zufällig im selben Bett gelandet sind?«

»Das kaufen sie mir nicht ab. Sie würden denken, daß ich Schuldgefühle verspüre, weil ich mich mit einem Mann eingelassen habe, und sie würden mir den Kopf tätscheln und mir versichern, daß alles in Ordnung ist.«

»Und was ist mit mir?«

»Du liebe Güte, Dave – sie wissen doch, daß ich dir niemals erlaubt hätte, bei mir zu schlafen, wenn du mir nicht deine ehrenhaften Absichten bekanntgegeben hättest.«

Er hob die Brauen. »Meine was?«

»Deine ehrenhaften Absichten . . . Daß du mich heiraten willst.«

»Was?!«

»Du siehst ein wenig blaß aus, Dave. Sind deine Kopfschmerzen schlimmer geworden?«

»Liz, wir stecken wirklich in der Klemme. Deine Familie denkt, daß wir . . . wir . . .«

»Daß wir ›es‹ getan haben«, erwiderte sie entschlossen.

»Könntest du nicht damit aufhören? Ich mag diese Redewendung nicht.«

»Entschuldigen Sie, Mr. McHugh.«

»Und jetzt glauben deine Eltern also, daß wir die Absicht haben zu heiraten?«

»Davon bin ich überzeugt. So, jetzt fange ich am besten an, hier aufzuräumen. Steve und Mandy haben wirklich eine Menge Freunde. Ich habe ihnen angeboten, die Party bei mir zu feiern, weil sie mitten in den Renovierungsarbeiten an diesem alten Haus stecken, das sie gekauft haben. Ich habe keine Ahnung, wie viele Leute gestern abend hier waren . . .«

»Und jetzt denkt deine Familie, daß du einen dieser Gäste heiraten wirst.« Dave schüttelte den Kopf. »Das ist doch vollkommen verrückt. Liz, kann es sein, daß deine Angehörigen nicht ganz richtig im Kopf sind? Steve ist mein bester Freund, aber . . . Er weiß doch, daß ich kein Typ für die Ehe bin . . .« Dave hielt inne und seufzte tief. »Aber das hat man auch lange Zeit von ihm behauptet.

Himmel, ist das ein Durcheinander! Wie kannst du da nur so ruhig sein?«

»In Streß-Situationen bin ich immer ruhig. Ich weiß, daß ich vorhin die Beherrschung verloren habe, aber jetzt bin ich wieder ganz kontrolliert. Das bedeutet jedoch nicht, daß ich einen Ausweg aus diesem Fiasko weiß. Ich weigere mich einfach, hysterisch zu werden.«

»Was sagen wir, wenn wir mit deiner Familie zusammen sind?«

»Keine Ahnung.« Liz fing an, die Gläser vom Tisch zu räumen.

Stirnrunzelnd sah Dave ihr zu, wie sie so viele Gläser, wie sie tragen konnte, einsammelte und dann in die Küche trug. Kurz darauf hörte er, wie sie die Geschirrspülmaschine einräumte. Geistesabwesend sammelte er die Schüsseln mit den übrig gebliebenen Kartoffelchips und Salzbrezeln ein.

Es ist schon eigenartig, überlegte er. Eben noch war Liz wütend und so ungehemmt in ihrem Zorn gewesen, daß er sie am liebsten in die Arme genommen und bis zur Besinnungslosigkeit geküßt hätte. Jetzt schien es, als hätte sie ihre Gefühle hinter einer unsichtbaren Wand verborgen. Sie wirkte ruhig und gelassen und räumte ihr Apartment auf, so, als wäre nichts Ungewöhnliches geschehen.

So hat sie also als eine Barton, die doch keine richtige war, überlebt, dachte Dave, während er die Schüsseln stapelte. Liz hatte um ihr Innerstes einen Schutzwall aus Ruhe und Gelassenheit errichtet, hinter dem sie die ungezügelten, chaotischen Charaktereigenschaften aller Bartons verbarg. Und sie erlaubte es keinem, ihre innersten Räume zu betreten.

Diesmal bleibt dir nichts anderes übrig, als mir Zugang

zu deinem Innersten zu gewähren, schwor Dave insgeheim und machte sich auf den Weg in die Küche. In dem Chaos, von dem sie sich jetzt zurückziehen wollte, spielte auch er eine Rolle. Sie beide zusammen spielten eine Rolle! Er war der Mann, der mit ihr die Nacht verbracht hatte. Er war der Mann, den die Bartons für die Liebe ihres Lebens hielten. Er war der Mann, der angeblich Liz Barton heiraten wollte.

Dave blieb abrupt stehen. Die Schüsseln in seinen Händen klirrten. Wir spielen zusammen eine Rolle, wiederholte er bei sich. Zusammen. Liz und Dave. Dave und Liz. Zusammen – das war ein Wort, das er nie mit sich und jemand anderem in Verbindung gebracht hatte. Dave war ein Einzelgänger. Das lag einmal an Bedingungen, die sich seiner Kontrolle entzogen, zum anderen aber auch daran, daß er es nicht anders wollte. Die meiste Zeit seines zweiunddreißigjährigen Lebens war er ganz gut allein zurechtgekommen, und Dave hatte die feste Absicht, auch den Rest seines Lebens allein zu verbringen. Einzig und allein Steve Barton hatte er den Zugang zu seinem Innersten erlaubt – und das hatte er nie bereut.

O ja, dachte Dave, ich kenne die Schutzmechanismen, derer sich Liz bedient, nur allzu gut. Die Barrieren, die er um sich errichtet hatte, dienten dem gleichen Zweck. Er war dahinter sicher. Nichts konnte ihn berühren, nichts ihn verletzen. Aber diesmal würde es keine Schutzwälle, keine Barrieren geben – denn er und Liz waren gemeinsam in diese Angelegenheit verwickelt.

Liz kam gerade aus der Küche. Sie warf einen Blick auf Dave und die Schüsseln in seinen Händen, dann eilte sie an ihm vorbei, um noch mehr Gläser zu holen. Als Dave in der Küche verschwunden war, nahm sie noch zwei

Gläser vom Tisch, dann hielt sie mitten in der Bewegung inne.

Du liebe Güte, ich bin mitten in einem Alptraum, der Realität geworden ist, dachte sie. Alles war so schnell hintereinander geschehen, daß sie überhaupt keine Gelegenheit gefunden hatte, die schrecklichen Ereignisse aufzuhalten.

Es hatte nicht gereicht, daß sie neben einem fremden Mann in ihrem Bett aufgewacht war. Sie hatte diesen Mann auch noch küssen müssen – mit einer Leidenschaft, die sie nie für möglich gehalten hätte. An die Szene mit ihrer Mutter durfte sie gar nicht erst denken! Zweifellos wußten jetzt alle Bartons, daß sie die Nacht mit Dave McHugh verbracht hatte, daß sie Dave McHugh liebte und daß sie Dave McHugh heiraten würde.

Und als Krönung des Ganzen hatte sie Dave auch noch erzählt, daß sie noch Jungfrau war! Auf diesen Zustand bildete sie sich nichts ein, sie hatte ihn jedoch als etwas Unabänderliches akzeptiert. Und normalerweise sprach Liz mit niemandem darüber, erst recht nicht mit einem Mann, den sie kaum kannte.

Was, um alles in der Welt, soll ich nur tun? fragte sie sich. Sie hatte es fertig gebracht, ruhig zu wirken und ein gekünsteltes Lächeln aufzusetzen, um Dave gegenüber kontrolliert und gelassen zu erscheinen.

Aber sie war alles andere als ruhig und gelassen!

Sie stand am Rand der Hysterie!

Sie ganz allein mußte sich gegen die übrigen Bartons behaupten, und sie hatte keine Ahnung, was sie tun oder was sie sagen sollte.

»Du bist nicht allein, Liz.«

Erschrocken fuhr Liz herum. Die beiden Gläser hielt

sie schützend vor ihre Brust. Sie begegnete Daves Blick und spürte wieder dieses merkwürdige Gefühl im Magen.

Er war so stark und strahlte soviel männliche Energie und Vitalität aus. Und sein Kuß, die Wärme seines Körpers hatten sie alles um sich herum vergessen lassen.

Dave nahm ihr die Gläser aus den Händen und stellte sie auf den Tisch. Dann umfaßte er ihr Gesicht. »Ich habe gesagt, daß du nicht allein bist«, wiederholte er unterdrückt. »In diese Sache sind wir beide verwickelt, Liz, zusammen. Verstehst du das?«

Zusammen, dachte Liz. Was für ein schönes Wort – aber es hatte nie zu ihrem Leben gepaßt. Sie war allein, nicht weil sie es so wollte, sondern weil es sich so ergeben hatte. Zusammen . . . mit Dave? Bei dem Gedanken daran spürte sie, wie sich eine tiefe Wärme in ihrem Inneren ausbreitete. Aber nein, es stimmte ja nicht. Sie war nicht mit Dave McHugh zusammen.

»Nein, Dave«, erwiderte sie. »Das hier ist wirklich nicht dein Problem. Du kannst doch nichts dafür, daß meine Familie ein wenig exzentrisch ist – oder wie immer man es nennen mag. Du bist nach Denver gekommen, um bei Steves Hochzeit in zwei Wochen Trauzeuge zu sein. Dieses Durcheinander, in dem wir . . . ich meine, in dem ich stecke, hast du bestimmt nicht gewollt. Ich werde mit meiner Familie schon fertig. Wenn meine Leute dich ausfragen, sag ihnen einfach, daß sie sich an mich wenden sollen.«

»Und was willst du ihnen sagen?« Dave streichelte zärtlich ihre Wangen.

»Das weiß ich im Moment noch nicht, aber irgendwie kriege ich das schon hin . . . irgendwie.« Daves sanftes Streicheln ließ sie innerlich dahinschmelzen. »Danke, daß du mir beim Aufräumen geholfen hast. Den Rest erledige ich allein. Du möchtest bestimmt sobald wie möglich in dein Hotel. Nun . . . dann . . . Auf Wiedersehen, Dave.«

»Nein.«

»Nein?«

»Liz, ich habe mich letzte Nacht in deinem Bett breitgemacht. Wenn ich nicht geblieben wäre, hätte deine Familie überhaupt keinen Grund zu der Annahme, daß wir . . . daß du und ich . . . Nun, du weißt schon. Zugegeben, deine Mutter hat sich schon ein wenig merkwürdig verhalten. Himmel, heutzutage bedeutet es doch nicht automatisch ein Eheversprechen, wenn zwei Erwachsene die Nacht zusammen verbringen.«

»Meine Mutter denkt nur so, weil . . .«

»Ja, ich weiß, weil du so bist, wie du bist. Ich respektiere das. Und ich respektiere dich, Liz. Auf keinen Fall lasse ich dich diese Sache allein ausbaden. Ich wiederhole – wir stecken zusammen in dieser Sache. Und wir werden alles klären, da bin ich ganz sicher.«

»Nein, ich . . .«

»Liz, widersprich mir nicht.« Dave küßte sie auf die Lippen.

Wie konnte sie ihm widersprechen, wenn sie bei seinem Kuß erschauerte? Widerspruch? Liz dachte nicht daran.

Dave streichelte sacht ihre weichen Locken. Als sie die Arme um ihn schlang und sich an ihn schmiegte, schmerzte sein Körper vor Verlangen. Liz erweckte eine Sehnsucht in ihm, die er nie für möglich gehalten hätte.

Niemals zuvor hatte er eine Frau so sehr begehrt wie Liz. Und noch nie hatte er fürsorgliche Impulse einer Frau gegenüber verspürt. Irgend etwas Neues und

Seltsames geschah hier mit ihm. Dave war sich noch nicht sicher, ob es ihm gefiel oder nicht. Er fühlte sich hin und her gerissen zwischen dem Drang, wegzulaufen und der Sehnsucht danach zu bleiben.

Zusammen . . . Das Wort ging ihm nicht aus dem Kopf. Sie waren zusammen in diese Angelegenheit verwickelt. Das hörte sich verdammt gut an. Wohin sollte er auch fliehen? In sein elegantes Apartment in San Francisco, das mit den teuersten und schönsten Möbeln eingerichtet war, aber auch nicht die Spur von Wärme ausstrahlte?

Sein Kuß wurde leidenschaftlicher, und er legte die Arme um ihren Körper, um sie noch enger an sich zu ziehen.

Soll ich weglaufen? fragte er sich benommen. Sollte er in die Betten all der Frauen fliehen, deren Namen er vergessen und die nur noch flüchtige Erinnerungen für ihn bedeuteten? Sollte er jetzt weglaufen, jetzt, wo er das Gefühl hatte, endlich nach Hause zu kommen? Du liebe Güte, was stellte Liz Barton nur mit ihm an!

Dave löste seine Lippen von ihrem Mund und vergrub sein Gesicht in ihrem duftenden Haar. Erst als sein Atem sich beruhigt hatte, wagte er zu sprechen.

»Liz . . .« Er schob sie sanft von sich. »Laß uns damit aufhören. Mehr halte ich im Moment nicht aus.«

»Ich . . .« Liz holte zitternd Luft. »Es tut mir leid. Ich hätte dich nicht noch einmal küssen dürfen. Ich habe mich noch nie so gefühlt . . . Wenn du mich küßt, Dave, kann ich nicht mehr klar denken.«

Dave trat einen Schritt zurück und fuhr sich mit der Hand durchs Haar. »Mir geht es ähnlich. Ich weiß wirklich nicht, was hier mit mir geschieht, Liz. In einem Augenblick drängt es mich danach, das, was zwischen uns passiert, genauer zu ergründen – und im nächsten Moment will ich nichts wie weg von hier.« Er steckte die Hände in die Hosentaschen und starrte an die Decke. Als er den Kopf senkte, begegnete er wieder Liz' Blick. »Ich glaube, ich fahre jetzt besser in mein Hotel.«

»Ja, gut«, erwiderte sie ruhig.

»Oh, zum Teufel! Ich kann dich nicht allein lassen! Was ist, wenn deine Familie hier aufkreuzt? Wir müssen uns beide darüber einigen, wie wir mit der ganzen Angelegenheit umgehen, wie wir uns dazu äußern. Weiß deine Familie eigentlich nicht, daß es so etwas wie Liebe auf den ersten Blick nicht gibt?« Oder gibt es sie etwa doch, fragte er sich verwirrt. »Wir kennen uns doch erst seit gestern abend.«

»Und ich kann mich nicht einmal an dich erinnern.« Liz schüttelte den Kopf. »Was die Liebe auf den ersten Blick betrifft – meine Eltern haben sechsundzwanzig Stunden, nachdem sie sich kennengelernt hatten, geheiratet.«

»Großartig!« bemerkte Dave trocken. »Typisch Barton. Und du meinst, daß sie uns wirklich abkaufen, daß wir uns gestern abend kennengelernt und uns auf der Stelle ineinander verliebt haben?« Dave schnippte mit den Fingern. »Einfach so?«

Liz seufzte. »Ich fürchte, ja. Weißt du, wie sich meine Eltern kennengelernt haben? Sie sind zusammen für drei Stunden im Aufzug steckengeblieben. Als man sie rausholte, hatten sie sich ineinander verliebt. Am nächsten Tag flogen sie nach Las Vegas, um zu heiraten. Sechsundzwanzig Stunden, nachdem sie zwischen dem achten und dem neunten Stock gefangen waren.«

»Das ergibt doch alles keinen Sinn, Liz. Du hast

erzählt, daß sie die Tatsache begrüßen, daß Steve und Mandy eine Weile ohne Trauschein zusammenleben und sich so lange vor der Hochzeit schon kennenlernen, so daß sie womöglich den Problemen und Konflikten einer Scheidung entgehen. Wie rechtfertigen deine Eltern denn ihre überstürzte Trauung in Vegas?«

»Dave, Jenny und Sam Barton rechtfertigen nichts in ihrem Leben. Wenn sie das Gefühl haben, daß etwas für sie richtig ist, und sie beide es wollen, dann tun sie es. Sie brauchen dazu nur die Zustimmung des anderen. Steve und Mandy sind genauso. Selbst wenn meine Eltern etwas gegen ihr Zusammenleben gehabt hätten – sie hätten ihre Meinung nicht geändert. Steve ist mit diesen Verhaltensmustern aufgewachsen und hat zum Glück eine Frau gefunden, die genauso denkt wie er. Zufällig haben sie beide entschieden, dieses alte Haus zu kaufen und es zu renovieren. Glaub mir, wenn sie in einem Zelt auf einem Berggipfel hätten leben wollen, hätten sie auch das realisiert.«

»Ja, du hast recht. Solange ich ihn kenne, hat Steve die Einstellung vertreten, daß alles, was er für richtig hält, für ihn auch richtig ist. Aus diesem Grund sind wir mehr als einmal tief in die Klemme geraten. Unsere Freundschaft hat solange gehalten, weil ich auf keinen anderen außer mir selbst Rücksicht nehmen mußte. Das ist auch heute noch so.«

»Auf keinen? Was ist mit deiner Familie?«

»Ich habe keine«, entgegnete er. »Also, allmählich fange ich an zu begreifen. Deine Eltern stellen Steve und Mandys Entscheidung, vor der Ehe zusammenzuleben, nicht in Frage. Aber sie hätten auch Verständnis dafür, daß du dich auf den ersten Blick verliebst. Es ist ihnen ja selbst passiert. Wenn du leugnest, daß vergangene Nacht irgend etwas zwischen uns geschehen ist, halten sie das nur für die Auswirkungen deiner Schuldgefühle und nehmen es nicht ernst. Habe ich bis hierhin alles verstanden?«

»Ja, das sagte ich doch alles schon . . .«

Dave fing an, mit langen Schritten das Zimmer zu durchmessen. Liz sah ihm eine Zeitlang zu.

»Dave«, brach sie schließlich das Schweigen. »Du ruinierst meinen Teppich.«

»Pst. Ich denke nach.«

Liz verdrehte die Augen und verschränkte die Arme vor der Brust. Dave fuhr fort, auf und ab zu gehen.

Er hat überhaupt keine Familie, fiel es Liz plötzlich wieder ein. Wirklich niemanden? Wie lange er wohl schon allein lebte?

Stirnrunzelnd betrachtete sie ihn. Er hatte niemanden auf der Welt . . . Oh, Liz war sich sehr sicher, daß ihm jederzeit eine Frau zur Verfügung stand, wenn ihm danach zumute war, aber flüchtige Affären konnten die Wärme, die Unterstützung und die Liebe einer Familie nicht ersetzen. Dave war allein, und offenbar bevorzugte er es, so zu leben. Bestimmt hatte er mehr als einmal die Möglichkeit gehabt, zu heiraten.

In dieser lächerlichen Situation, in der sie sich beide befanden, mußte sich Dave wie ein Tier fühlen, das in die Falle geraten war. Plötzlich sah er sich seiner Freiheit beraubt. Seine Beteuerung, daß sie zusammen in dieser Situation steckten, hatte liebevoll und fürsorglich geklungen, aber er konnte es unmöglich ernst meinen. Dave war ein Einzelgänger. Er würde gleich seine rastlose Wanderung durch das Zimmer unterbrechen und ihr mitteilen, daß er mit allem nichts mehr zu tun haben wollte. Und Liz würde ihn verstehen. Aber sie wußte schon jetzt, daß sie eine unerklärliche Traurigkeit und ein Gefühl von Verlust verspüren würde.

Dave blieb so plötzlich stehen, daß sie überrascht zusammenfuhr.

»Ich habe eine Idee«, erklärte er und nahm die Hände aus den Hosentaschen.

Das war's dann wohl, dachte Liz. Er würde ihr jetzt ankündigen, daß er nach San Francisco zurückkehren wollte. Für Steve hatte er sich eine Geschichte zurechtgelegt, die seine plötzliche Abreise erklärte und die Tatsache, daß er nicht an der Hochzeit seines besten Freundes teilnehmen konnte. Und dann wäre er fort. Liz würde ihn nie wiedersehen. Nie wieder würden sie sich küssen. Niemals wieder würde sie dieses neue und wunderbare Verlangen spüren. Die Kehle wurde ihr eng. Entsetzt stellte Liz fest, daß sie erstaunlich nahe daran war, in Tränen auszubrechen.

»Liz, hörst du mir zu?«

»Wie bitte? O ja – sprich nur. Ich höre dir zu.«

Leb wohl, Dave McHugh . . .

»Deine Familie glaubt an die Liebe auf den ersten Blick, auch wenn sie ebenso ein Zusammenleben vor der Ehe zum Zweck des besseren Kennenlernens befürwortet. Das sind Ansichten, die sich eigentlich ausschließen – aber die Bartons sind eben so. Sie nehmen uns nicht ab, daß nichts zwischen uns passiert ist – also müssen wir unsere Rollen weiterspielen.«

»Was meinst du damit?« fragte Liz. Wieso verabschiedete Dave sich nicht von ihr? Wo blieb sein ›Lebwohl‹?

»Liz, paßt du auch auf?«

»Ja, natürlich.«

»Anstatt eine der Möglichkeiten konsequent auszuleben, verbinden wir einfach beide miteinander.«

»Wie bitte?«

»Sieh mal, deine Familie denkt, daß wir uns lieben. Also lassen wir sie in dem Glauben, daß wir uns auf den ersten Blick ineinander verliebt haben.«

»So? Tun wir das?«

»Ja.« Dave fing allmählich an, sehr zufrieden mit sich selbst zu sein. »Aber dann steigen wir in die andere Veranstaltung um. Anstelle nach Las Vegas zu eilen, um uns da trauen zu lassen, entscheiden wir uns dafür, erst einmal eine Zeitlang zusammenzuleben. Obwohl wir schrecklich verliebt sind . . . Das paßt wunderbar zu deiner eher vorsichtigen Persönlichkeit. Immerhin ist die Ehe ein sehr großes Wagnis.«

»Was sagst du da?« flüsterte Liz.

»Und dann stellen wir fest, daß wir überhaupt nicht zusammenpassen. Das erklären wir deiner Familie aber erst, wenn Steve und Mandy verheiratet sind, damit sie sich vorher nicht mit unseren Problemen belasten müssen. Deinen Leuten wird es gar nicht gefallen, daß wir nicht zusammenbleiben – aber wenn sie die ganze Sache erst einmal richtig durchdacht haben, werden sie froh und dankbar sein, daß ihre geliebte Liz die Schrecken einer Scheidung nicht erleben muß.«

»Moment mal, McHugh. Willst du mir etwa vorschlagen . . .«

»Ich weiß, daß du mir nicht richtig zugehört hast, Liz. Ich habe gerade versucht, dir die eleganteste, vernünftigste und ich muß sagen brillanteste Lösung aus unserem Dilemma vorzustellen.«

Liz beugte sich vor. »Erklär es mir bitte mit ein paar einfachen verständlichen Worten.«

»Aber natürlich, meine kleine Liz. Ich, Dave McHugh, werde ›es‹ von jetzt an mit dir . . .«

»Dave!«

Er grinste. »Mit dir zusammenleben, meinte ich.«

3

Am späten Vormittag erreichte eine Kältefront Denver und vertrieb das ungewöhnlich warme Wetter, das es Jenny Barton erlaubt hatte, nur mit einem leichten Jogging-Anzug bekleidet ihre Runde zu drehen. Mit dem Temperatursturz kam auch der Schnee. Dichte, weiße Flocken verwandelten die Stadt schon bald in ein glitzerndes Märchenland.

Überall breitete sich Weihnachtsstimmung aus. Ganz Denver in Colorado bereitete sich voller Vorfreude und Erwartung auf das Fest vor, das in etwas mehr als zwei Wochen sein würde.

Dave ging langsam an den Häusern entlang. Die Hände hatte er tief in die Taschen seiner Lammfelljacke gesteckt. Er nahm den Schnee kaum wahr, der in dichten Flocken fiel und sein dunkles Haar bedeckte.

Er versuchte, sich über seine Gefühle klarzuwerden, die all die bizarren Ereignisse dieses Vormittags in ihm ausgelöst hatten. Aber es gelang ihm nicht. In ihm herrschte ein heilloses Durcheinander von unterschiedlichsten Empfindungen.

Schluß jetzt, befahl er sich selbst. Liz Barton war die Ursache für seine Verfassung – soviel stand fest. Liz Barton mit ihren tiefroten Locken und den funkelnden blauen Augen brachte ihn völlig aus dem Gleichgewicht. Immer noch schmerzte sein ganzer Körper vor Verlangen nach ihr.

Er war verrückt nach dieser Frau. Wie sehr sehnte er

sich danach, sie vor dem offenen Kamin, vor dem lodernden Feuer zu lieben. Er würde sie ganz langsam entkleiden und jeden Zentimeter ihrer entblößten, weichen Haut küssen. Er würde sehr liebevoll und behutsam vorgehen und seine eigene wilde Leidenschaft zügeln. Unendlich zärtlich würde er sie in die Liebe einführen. Er würde ihr nicht weh tun, und sie auch nicht mit seinem Verlangen ängstigen.

Dave warf rasch einen Blick auf die Passanten. Für einen Moment hatte er Angst, daß man ihm die erotischen Gedanken und das wilde Verlangen ansehen könnte. Aber zu seiner Erleichterung stellte er fest, daß niemand ihm auch nur die geringste Aufmerksamkeit schenkte.

Mit meinen ausschweifenden Phantasien trage ich wenig dazu bei, das Chaos in meinem Kopf zu klären, dachte er unwillig. Daß er Liz begehrte, war eine Tatsache, und die Vorstellung, sie nackt und hingebungsvoll in den Armen zu halten, brachte ihm nur noch mehr Anspannung und Verkrampfung ein. Er mußte die Reaktionen seines Körpers ausschalten und sich auf seinen Verstand konzentrieren.

Als er Liz seinen Plan dargelegt hatte, bei ihr einzuziehen, hatte sie ihn mit offenem Mund und weit aufgerissenen Augen angestarrt. Er hatte ihr keine Gelegenheit mehr gelassen, ihm zu antworten, sondern sich rasch Strümpfe, Schuhe und die Jacke angezogen und ihr geraten, noch einmal über alles nachzudenken. Dann hatte er ihr erklärt, daß er sie jetzt verlassen würde, damit sie sich alles in Ruhe durch den Kopf gehen lassen und bestätigen könnte, wie genial sein Plan ihr Problem lösen würde.

Danach war er zur Tür gestürzt. Bei der Vorstellung,

daß Liz hinter ihm herrufen und ihm verbieten würde, sich jemals wieder bei ihr blicken zu lassen, war er in Panik geraten.

Zu Daves Erleichterung hatte sie immer noch wie erstarrt dagestanden und geschwiegen. Dave war auf die Straße geeilt. Draußen hatte er festgestellt, daß es angefangen hatte zu schneien.

Jetzt, eine Stunde später, lief er immer noch mit nassen kalten Füßen durch die Stadt und fragte sich, warum um alles in der Welt er so fest entschlossen war, bei Liz einzuziehen. Er konnte den Bartons doch einfach erklären, daß sie sich den ganzen Unsinn aus dem Kopf schlagen sollten. Dann könnte er in sein Hotel ziehen – und die Angelegenheit wäre erledigt. Aber nein – das war nichts für Dave McHugh. Er war dabei, Himmel und Hölle in Bewegung zu setzen, um Liz davon zu überzeugen, daß sein Plan die einzig funktionierende Lösung für ihr Problem darstellte.

Warum?

Damit er Liz verführen konnte? Damit er mit ihr schlafen konnte?

Aber sie begehrt mich doch auch, dachte er. Das war ganz offensichtlich gewesen, als er sie in den Armen gehalten und geküßt hatte.

Sie hatte jedoch noch nie mit einem Mann geschlafen.

Wenn er ihr erster Liebhaber würde, würde er eine enorme Verantwortung übernehmen, nicht nur für ihren Körper, sondern auch für ihre Gefühle.

»Großer Gott!« Dave fuhr sich mit der Hand durchs Gesicht. Er blieb vor einem Kaufhaus stehen und starrte blicklos auf das bunte Spielzeug im Schaufenster.

Im Augenblick brachte er nichts anderes zustande, als seine Gedanken immer wieder um dasselbe Problem kreisen zu lassen. Außerdem fror er sich allmählich zu Tode. Nie zuvor war Dave so verwirrt gewesen – daß er es jetzt war, gefiel ihm ganz und gar nicht!

Er drehte sich abrupt um und eilte in die Richtung zurück, aus der er gekommen war. Er erinnerte sich daran, daß er ein paar Straßen weiter ein kleines Café gesehen hatte. Ihm war nicht nur kalt, nein, er hatte auch einen Bärenhunger. Vielleicht würde sich sein Verstand klären, wenn er etwas gegessen hatte. Vielleicht würden die Antworten, nach denen er so verzweifelt suchte, ganz plötzlich vor seinem geistigen Auge aufleuchten.

»Irgendwie«, murmelte er vor sich hin, »bezweifle ich das aber.«

Liz räumte das Apartment so gründlich auf, daß nichts mehr an die lärmende, lustige Gesellschaft der letzten Nacht erinnerte.

Nur ihre Kopfschmerzen brachte sie nicht völlig zum Verschwinden. Offenbar würde sie sie so schnell nicht wieder loswerden. Im Geist beschäftigte sie sich zu allem Überfluß ununterbrochen mit dem, was zwischen ihr und Dave McHugh geschehen war. Irgendwann in den nächsten Stunden würden die Schmerzen aus ihrem Kopf verschwinden – aber Dave nicht.

Liz sank auf das Sofa und massierte ihre pochenden Schläfen mit den Fingerspitzen. Dave hatte ihr tatsächlich vorgeschlagen, zu ihr in ihr Apartment zu ziehen!

Jetzt reicht es, entschied Liz. Genug ist genug. In dieser Komödie, die nur dazu diente, ihre Familie zufriedenzustellen, würde sie nicht mitspielen. Sie würde ihren Leuten erklären, daß alles ein Irrtum gewesen sei, und daß sie immer noch die alte, vorsichtige

Liz war. Und daß alles so weitergehen würde wie bisher. Ihre Familie konnte wegen ihrer zurückgebliebenen Tochter weiter die Hände ringen und wehklagen . . .

Wie furchtbar, dachte Liz unglücklich. In ihrem Alter sollte es dabei wirklich nicht mehr so von Bedeutung sein, ob ihre Familie sie akzeptierte oder nicht. Und doch war es ihr wichtig! Ihr Leben lang hatte Liz vergebens darum gekämpft, wie eine echte Barton zu sein. Mit fünfundzwanzig sollte sie wirklich soweit sein, sich eigene Maßstäbe gesteckt zu haben! Sie sollte sich von ihrer Familie abgenabelt haben. Aber Litz konnte es nicht ändern – sie hatte es einfach immer noch nicht getan.

Und nun war Dave McHugh in ihr Leben getreten.

Dave, der aus unerfindlichen Gründen ihr Komplize in einer Verschwörung gegen ihre Eltern sein wollte. Wenn sein Plan gelingen würde, würde der Barton-Clan Liz endlich so akzeptieren, wie sie war.

Alles, was sie zu tun hatte, war, mit Dave McHugh zusammenzuleben.

»Oh . . .« Liz stöhnte. »Das ist doch verrückt!«

Oder war es das etwa nicht?

Zwei Wochen, überlegte Liz. Länger würde das Ganze nicht dauern. Und in diesen zwei Wochen wäre sie sehr beschäftigt – Weihnachten stand vor der Tür. Und die Hochzeit von Steve und Mandy. Für Familienzusammenkünfte würde wenig Zeit bleiben. Und wenn sich die Bartons treffen würden, könnten Liz und Dave den Eindruck erwecken, hoffnungslos ineinander verliebt zu sein. Dann, nach der Hochzeit und den Feiertagen, würden sie verkünden, daß sie sich geirrt hätten und doch nicht zusammenpassen würden. Und Dave würde in weite Ferne verschwinden – nach San Francisco. Der Plan war perfekt.

»Und deprimierend«, murmelte Liz vor sich hin. Nein, nein, es war ein guter Plan, ein großartiger Plan! Ihre Familie würde sie in einem neuen Licht sehen – als eine echte Barton. Alle würden sie wegen ihrer unglücklichen Liebe bedauern, und Liz würde ihnen versichern, daß es ihr gut ging. Das Leben würde für sie mit einem erfreulichen, neuen Status weitergehen. Ja, ihr Leben würde weitergehen.

Ohne Dave.

Sein Lächeln, sein Kuß, allein seine Anwesenheit hatten Liz tief in ihrem Innersten berührt und eine Leidenschaft in ihr geweckt, von deren Existenz sie nichts gewußt hatte. Als er sie in die Arme genommen und sie eng an sich gepreßt hatte, waren ihre Kontrolle und ihre Vorsicht vergessen gewesen, und sie hatte sich nur diesen neuen und wunderbaren Empfindungen hingegeben.

Und Dave könnte für zwei Wochen ihr gehören . . .

»O nein, jetzt hör aber auf, Liz Barton!« sagte sie laut. Sie ließ sich von ihren Phantasien davontragen und fing schon an, Gefallen an ihrer Rolle in der Komödie zu finden. Natürlich würde sie nicht im eigentlichen Sinne des Wortes mit Dave zusammenleben! Auf keinen Fall würden sie ›es‹ tun!

Und Dave wußte das. Wußte er das wirklich?

Liz legte die Hände auf ihre erhitzten Wangen. Sein Vorschlag hatte sie so überrascht, daß sie Dave nur stumm angestarrt hatte. Bevor sie herausgefunden hatte, ob ihre Stimme noch funktionierte, war er aus der Tür gestürzt. Sie war nicht dazu gekommen, ihn nach den delikaten Einzelheiten seines großartigen Plans zu fragen.

»Nun, ich habe Neuigkeiten für dich, McHugh«, erklärte Liz und stand auf. »Aus dieser Wohnung wird kein verschwiegenes Liebesnest.«

Vielleicht könnte sie hin und wieder einen Kuß akzeptieren. Wenn es sich zufällig ergeben würde . . . Nein, vielleicht war das keine so gute Idee. Aber . . .

Ein Klopfen an der Tür schreckte sie aus ihren Überlegungen auf.

»Du liebe Güte!« entfuhr es ihr, als sie die Tür öffnete. »Dave! Du bist ja voller Schnee!«

Dave trat ein und knöpfte sich die Jacke auf. »Kein Wunder. Draußen schneit es.«

»Wie schön.« Liz lächelte. »Dann kann ich endlich meine Weihnachtsdekorationen anbringen. Ich wollte damit bis nach der Party warten, und jetzt kommt durch den Schnee sogar richtige Weihnachtsstimmung auf. Häng deine Jacke ins Bad, Dave.«

Er nickte und eilte ins Bad. Als er ins Wohnzimmer zurückkehrte, holte Liz gerade ein paar Schachteln aus dem Schrank.

»Liz? Hast du über meinen Vorschlag nachgedacht?«

Sie richtete sich auf und drehte sich zu ihm um. »Ja. Ich habe mich so über den Schnee gefreut und darauf, meine Wohnung weihnachtlich zu schmücken, daß ich es für einen Moment vergessen hatte. Weißt du, ich freue mich immer so auf Weihnachten. Mir gefallen die festlich geschmückten Straßen und Schaufenster. Ich höre sogar gern den Weihnachtsliedern zu, die man in den Kaufhäusern spielt und . . .«

»Liz.«

»Ich sehe so gern den Kindern zu, wenn sie . . .«

»Langsam, Liz. Du redest in Rekordgeschwindigkeit.«

»So? Nun, das liegt nur daran, daß ich mich so auf

Weihnachten freue, und . . .« Sie holte tief Luft. »Als du gesagt hast, daß wir zusammenleben sollen – hast du da wirklich zusammenleben gemeint? Oder stellst du dir nur ein Nebeneinanderherleben vor und kein richtiges Miteinanderleben?«

Dave blinzelte. »Könntest du mir das mal etwas langsamer erläutern?«

»Oh.« Liz zog die Brauen zusammen. »Ich versuche, herauszufinden, woran du gedacht hast, als du mir deinen sogenannten brillanten Plan unterbreitet hast. Leider hast du vergessen, mich über die Einzelheiten aufzuklären.«

Langsam breitete sich ein Lächeln auf Daves Lippen aus. Er verschränkte die Arme vor der Brust.

»Einzelheiten . . .« Er nickte. »Nun, ich kann dich gut verstehen. Natürlich möchtest du auch die Details hören. Teilen wir uns zum Beispiel die Hausarbeit? Lasse ich meine schmutzigen Socken herumliegen? Ja, ich glaube, daß wir uns über einiges unterhalten müssen. Und, natürlich, auch darüber, ob wir . . .«

Liz beugte sich vor. »Ja?«

Sein Lächeln vertiefte sich. »Ob wir uns die Finanzen teilen. Ich will dir nicht auf der Tasche liegen. Natürlich zahle ich meinen Anteil an der Miete und den Lebenshaltungskosten.«

»Nein, nein, das brauchst du nicht. Immerhin tust du das alles doch nur für meine verrückte Familie, Dave. Wenn dein Plan gelingt, dann hält sie mich tatsächlich nicht länger für einen hoffnungslosen Fall, sondern für eine echte Barton vom Scheitel bis zur Sohle. Ich bin dir sehr dankbar dafür, daß du mir helfen willst. Wenn du hierbleibst, dann bist du selbstverständlich mein Gast. Aber ich bin sicher, daß das Hotel, in dem du ein Zimmer reserviert hast, viel komfortabler ist als mein Apartment.«

»Dein Apartment ist sehr nett. Außerdem brauchst du aus mir keinen Helden zu machen, Liz.« Daves Lächeln erstarb. »Wir wissen beide, daß niemand in deiner Familie uns glauben würde, wenn wir versichern, daß letzte Nacht nichts zwischen uns passiert ist. Wenn ich darauf bestehe, alles abzuleugnen, und in mein Hotel ziehe, riskiere ich den Verlust von Steves Freundschaft. Außerdem – nun, ich glaube, daß mir die Vorstellung gefällt, zu einer Familie wie deiner zu gehören. Auch wenn es nur für zwei Wochen ist. Du siehst also, daß wir beide in die Sache verwickelt sind – und daß wir beide etwas zu gewinnen haben.«

»Hast du wirklich überhaupt keine Familie? Was ist aus ihr geworden?«

»Mein Vater ist nach meiner Geburt abgehauen, und meine Mutter starb, als ich vier war. Ich bin in Waisenhäusern großgeworden. Ende der Geschichte.«

»Aber mit wem hast du in den letzten Jahren Weihnachten gefeiert?«

Dave zuckte die Schultern. »Die Feiertage bedeuten mir wenig. Sie kommen und sie gehen auch wieder . . . Reden wir lieber von etwas anderem. Ich weiß, daß ich dich eben ein bißchen auf die Folter gespannt habe, Liz. Deine Familie wird uns unsere kleine Inszenierung abkaufen und glauben, daß wir im wahrsten Sinn des Wortes zusammenleben. Aber ich werde auf dem Sofa schlafen.«

Schade, dachte Liz. Oh . . . sie sollte sich schämen! Wie konnte sie nur mit nichts anderem als Bedauern auf Daves Worte reagieren!

»Wenn wir mit jemandem aus deiner Familie zusammen sind, spielen wir unsere Rollen«, fuhr Dave fort. »Ich habe mich noch nie im Leben richtig verliebt, aber vielleicht ist es gar nicht so übel, einmal so zu tun als ob. Ich stelle mir vor, daß wir uns tiefe Blicke zuwerfen und hin und wieder sehnsüchtig seufzen. Oder?« Dave sah sie ein wenig ratlos an. »Wir beobachten einfach Steve und Mandy und ahmen sie nach. Aber wenn wir allein sind, dann verhalten wir uns wie – gute Freunde. Okay?«

Darf ich dich nicht berühren, kleine Liz? dachte Dave. Darf ich dich nicht küssen? Er mußte den Verstand verloren haben, daß er sich auf eine solche Regelung einließ!

Dave wird mich nicht küssen? fragte sich Liz. Er wird mich weder berühren noch in den Armen halten? Was für ein absurder Plan! »Okay.«

»Dann sind wir uns also einig?«

»Abgemacht, McHugh.« Liz streckte die Hand aus.

Dave blickte auf ihre Hand und dann in ihr Gesicht. Und dann wieder auf ihre Hand. Er nahm ihre kleine Hand in seine, schüttelte sie jedoch nicht, sondern hielt sie einfach nur fest. Ihre Blicke trafen sich.

Daves Hand war so stark und so warm. Die Wärme übertrug sich auf Liz' Arm, durchströmte ihre Brüste und dann ihren ganzen Körper.

Sie blickte in seine Augen. Liz konnte sich nicht erinnern, jemals so dunkle Augen gesehen zu haben. Wieviel Traurigkeit mußte in diesen Augen gelegen haben, als Dave noch ein einsamer kleiner Junge gewesen war, der keine Angehörigen besaß. Und jetzt stand Weihnachten vor der Tür und würde für ihn wieder einmal vorübergehen ohne Freude, ohne Erwartung und Aufregung, ohne Geschenke.

Nein, in diesem Jahr wird das anders sein, entschied Liz. Dave würde bei ihr wohnen, die Festtage mit ihr verbringen und ein Teil der Familie sein. Diesmal sollte er all das Schöne erleben, das für Liz mit Weihnachten verbunden war. Sie würden die Wohnung festlich dekorieren, einen Baum kaufen und ihn schmücken. Sie würden gemeinsam durch die Menschenmengen in den Kaufhäusern drängen und Geschenke aussuchen. O ja, es würde für sie beide eine wunderbare Zeit werden . . . für Dave und sie zusammen.

»Wann lassen wir unseren Plan in Kraft treten?« fragte sie und stellte erschrocken fest, wie atemlos ihre Stimme klang.

Dave umfaßte mit seiner freien Hand ihren Nakken. »Gleich nachdem . . .« Er ließ ihre Hand los und trat näher an sie heran, dann legte er den Arm um Liz' Schultern. »Gleich nachdem ich dich geküßt habe.«

»Oh . . .« Mehr brachte Liz nicht heraus, denn Dave küßte sie auf den Mund. Dies darf nicht unser letzter Kuß sein, flehte Liz insgeheim. Und es sollte auch nicht das letzte Mal sein, daß sie sich an Daves starken Körper schmiegte und seine Wärme spürte. Sie wollte nicht einfach nur die Rolle von Daves Geliebter spielen. Tief in ihrem Innersten sehnte sich Liz danach, es wirklich zu sein. Sie schloß die Augen.

Zuerst war ihr Kuß sanft und zärtlich, aber dann wurde er zunehmend fordernder und leidenschaftlicher. Ihrer beider Herzschlag beschleunigte sich, und ihre Atemzüge gingen unregelmäßig.

Süße kleine Liz, dachte Dave. Von Mal zu Mal wurde sie in seinen Armen weicher und anschmiegsamer. Sie war so offen und so ehrlich. Zum Teufel, sie war so vertrauensvoll! Dave wußte, daß er sie jetzt verführen könnte, denn in ihrer Unschuld gab sie sich ganz seinen Zärtlichkeiten hin. Ja, er könnte sie verführen, sie zu seiner Geliebten machen, das brennende Verlangen in seinem Innersten stillen. Aber das würde er nicht tun, denn die Frau in seinen Armen war Liz. Es war so einfach – und ebenso verwirrend.

Dave hob den Kopf, und Liz öffnete die Augen. Mit beiden Händen umfaßte er ihr Gesicht und sah sie an. Sie lehnte immer noch an seinem Körper, und keiner von beiden bewegte sich. Beide wollten sie den Zauber nicht brechen und diesem sinnlichen, erotischen Augenblick kein Ende bereiten.

Auf einmal seufzte Liz traurig und trat einen Schritt zurück.

Dave nickte stumm und steckte die Hände in die Hosentaschen.

Immer noch sahen sie sich voll Verlangen an. Die Worte, die ihre Leidenschaft enthüllt hätten, blieben jedoch unausgesprochen. Es war zu gefährlich, das, wonach sie sich beide schmerzhaft sehnten, laut auszusprechen. Sie durften das Risiko nicht eingehen, daß ihre verrückten Träume Wirklichkeit würden. Dazu war jetzt nicht der richtige Zeitpunkt.

Endlich brach Liz das lastende Schweigen. »Nun . . .«

»Ja . . .«, entgegnete Dave gepreßt. Er wandte den Blick von ihr ab und sah sich im Raum um. »Du hast wirklich gründlich aufgeräumt.«

»Ja, nicht wahr?« Liz brachte ein kleines Lächeln zustande. »Niemand würde vermuten, daß hier eine Party stattgefunden hat.«

Dave sah sie wieder an. »Aber hier wurde gestern eine Party gefeiert . . . und ich bin gekommen.«

»Ja, ich weiß, Dave«, flüsterte sie. »Du bist gekommen . . .«

»Und jetzt werde ich bleiben.«

»Für eine kurze Zeit . . .«

Falsch, dachte Dave plötzlich. Er würde für den Rest seines Lebens hierbleiben. Er würde Liz jetzt wieder in die Arme nehmen und sie nie wieder loslassen. Oh, zum Teufel, das war doch verrückt! Er ließ sich vom Zauber des Augenblicks davontragen. Was auch immer zwischen ihm und Liz geschah – es würde nicht von Dauer sein. Etwas anderes durfte er gar nicht erst in Erwägung ziehen. Er brauchte sich auch nicht den Kopf darüber zerbrechen, ob er im Begriff war, sich in Liz Barton zu verlieben. Er, Dave McHugh, war und blieb ein Einzelgänger.

Ein lautes Klopfen an der Tür ließ Dave und Liz überrascht zusammenfahren. Als Liz die Wohnungstür öffnete, stürmte Steve mit finsterer Miene ins Zimmer.

Er war nur wenig kleiner als Dave und nicht so athletisch, sah jedoch auf seine Art ebenso gut aus. Sein dunkles Haar hatte einen rötlichen Schimmer, und er besaß die gleichen blauen Augen wie Liz.

»Jetzt geht's los«, murmelte Dave.

Steve fuhr herum und sah ihn an. »Mom hat mir von euch beiden erzählt. Ich freue mich für euch, wirklich. So geht es eben im Leben . . . Meine Schwester und mein bester Freund! Großartig. Ich bin froh, daß sich die Dinge so für euch entwickelt haben. Dabei hatte ich euch beide für hoffnungslose Fälle gehalten! Aber wo die Liebe hinfällt . . .«

»Wenn du dich so freust . . .«, unterbrach Liz ihn, »warum machst du dann so ein finsteres Gesicht?«

»Das ist nicht wegen euch beiden und dem, was sich

hier abspielt. Verflixt, es ist wegen Mandy. Wir hatten heute morgen eine handfeste Auseinandersetzung.« Steve ließ sich auf das Sofa fallen, nur um im nächsten Augenblick wieder aufzuspringen und ruhelos durchs Zimmer zu laufen.

»Kann ich dir irgendwie helfen?« Dave hob die Brauen.

Steve blieb stehen und breitete die Arme aus. »Mandy wünscht sich ein Baby!«

»Oh, wie nett«, entfuhr es Liz.

»Nein!« schrie Steve.

»Entschuldige«, murmelte sie betreten.

Dave runzelte die Stirn. »Warum findest du das nicht nett? Ich meine – wo ist dein Problem, Steve? Babys sind reizende . . . kleine Wesen . . . oder . . .?« Er zuckte die Schultern. »Was auch immer. Was weiß ich? Worüber regst du dich so auf?«

»Wenn Mandy und ich über unsere Zukunft gesprochen haben, hat sie nie ein Wort über ein Baby verloren! Nicht ein einziges Wort. Unsere Firma läuft zunehmend besser, unser Name hat schon über die Landesgrenzen hinaus einen Klang. Wir vermieten jetzt schon Ferienhäuser in großen Skigebieten. Wir haben unsere Buchungen im letzten Jahr verdreifacht.«

»Was hat denn der geschäftliche Erfolg mit dem Baby zu tun?« erkundigte sich Liz.

»Ich habe noch viel vor«, fuhr Steve fort. »Mandy und ich wollen noch andere Tourismusgebiete erschließen. Das Haus hier in Denver soll unser Zuhause sein – der Ort, an dem unsere eigenen Möbel stehen. Ansonsten wollen wir die meiste Zeit reisen. Mom und Dad werden die Stellung in unserem Büro hier halten.«

»Entschuldige, Steve Barton«, warf Liz ein. »Aber auch ich arbeite in diesem Büro. Warum habe ich von deinen

Ideen bis heute nichts erfahren? Immerhin führe ich die Buchhaltung über all diese Vermietungen, erstelle die monatlichen Geschäftsberichte, und . . .«

»Ich weiß, ich weiß«, unterbrach Steve sie. »Aus diesem Grund habe ich auch Dave gebeten, schon zwei Wochen vor der Hochzeit herzukommen. Ich möchte, daß er die Situation im Büro analysiert, mit dem Ziel, deine Arbeit einem Computer zu überlassen.«

»Was sagst du da?« Liz' Augen weiteten sich. »Du willst meine Arbeit über einen Computer laufen lassen? Ich kenne mich überhaupt nicht mit Computern aus. Ich hasse Computer. Sie starren mich immer an, als wären sie klüger als ich. Ich habe mein eigenes Buchführungssystem entwickelt, und es arbeitet sich damit sehr gut – stell dir vor!«

»Du kannst mit der Entwicklung in der Firma kaum Schritt halten«, erwiderte Steve. »Für deine Arbeit brauchst du zunehmend mehr Zeit.«

»Und deshalb hast du Dave hergebeten? Um meine Arbeit von einem Computer machen zu lassen? Warum hast du das nicht zuerst einmal mit mir besprochen?«

»Du haßt doch jede Form von Veränderung, Liz. Dir gefällt der Status quo – die Dinge sollen so bleiben, wie sie immer waren. Ich habe mir überlegt, daß es das beste wäre, abzuwarten, bis Dave hier sein würde, damit er dir dann alles erklären könnte. Und damit er dir beweisen könnte, wieviel einfacher deine Arbeit mit einem Computer zu erledigen wäre. Du weißt, daß das sein Job ist. Er besucht Firmen und arbeitet das bestmögliche Computersystem für sie aus.«

»Nein, das wußte ich nicht.« Liz verschränkte die Arme vor der Brust. »Und das alles nehme ich dir sehr übel, Steve. Ihr alle steckt wohl schon lange Zeit unter einer Decke, oder?«

»Liz«, sagte Dave. »Nimm's doch nicht so schwer.«

Sie funkelte ihn aufgebracht an. »Doch!«

»Wenn wir dich vorher über unsere Pläne informiert hätten, wärst du nur eingeschnappt gewesen und hättest dich geweigert, Dave auch nur anzuhören. Jetzt ist er hier und kann dir an Ort und Stelle zeigen, wie du dir deine Arbeit erleichtern kannst. Mom und Dad haben sich auch für den Computer entschieden. Liz, sie wußten, daß du gegen jede Veränderung in deinem Arbeitsalltag ankämpfen würdest. Sie haben es auch befürwortet, daß du erst über die Angelegenheit informiert wirst, wenn Dave hier ist.«

Dave schüttelte den Kopf. »Du hättest besser den Mund gehalten, Steve.«

Liz wandte sich an ihn. »Du hat das alles gewußt, nicht wahr, Dave?«

»Ja. Nein. Liz, Steve hat mir erklärt, was meine Aufgabe hier sein würde und daß sie deinen Arbeitsbereich in der Firma betrifft. Aber erinnere dich bitte daran, daß ich dich für viel jünger gehalten habe, als du tatsächlich bist. Ich habe mir vorgestellt, daß ich dich leicht überzeugen könnte und . . .«

»Mr. McHugh, darf ich Sie fragen, warum Sie mir das alles nicht längst schon erzählt haben?«

»Weil er nichts anderes zu tun hatte, als sich in dich zu verlieben«, erklärte Steve. »Und dich zu . . .«

»Mich zu was?« fragte Liz und spürte, daß sie rote Ohren bekam.

Dave schloß die Augen und schüttelte wieder den Kopf.

»Steve Barton, was zum Teufel wolltest du eben andeuten . . .«

»Vergiß es, Liz.« Steve ließ sich wieder auf das Sofa sinken. Diesmal jedoch blieb er sitzen und sprang nicht gleich wieder auf. »Mandy und ich haben uns lange genug gestritten, und ich bin völlig erschöpft.«

»Deine Jacke ist ganz naß«, sagte Liz. »Steh von meinem Sofa auf.«

Lächelnd ging Dave zu Steve und streckte die Hand nach der Jacke aus. Steve zog sie resigniert aus und reichte sie Dave, der sie ins Bad brachte. Als er zurückkehrte, hatte Liz immer noch die Arme vor der Brust verschränkt. Sie klopfte mit einem Fuß auf den Boden und starrte finster auf einen imaginären Punkt auf der gegenüberliegenden Wand. Steve betrachtete angelegentlich die Kissen auf dem Sofa. Er wirkte todunglücklich.

»Nun . . .« Dave räusperte sich. »Es gibt hier zwei Probleme zu diskutieren. Mir scheint« – er warf Liz einen festen Blick zu –, »daß wir zuerst einmal Steves Konflikt mit Mandy klären sollten. Stimmst du mir zu, Liz?«

Ihre Züge wurden weich. »Ja. Ja, natürlich. Nicht, daß wir das andere Thema ignorieren sollten, aber . . . Steve, du und Mandy, ihr seid jetzt anderthalb Jahre zusammen. Habt ihr nie zuvor über Kinder gesprochen?«

»Nein. Ich habe sie kennengelernt, als sie diesen Prospekt für unsere Firma entworfen hat. Erinnerst du dich? Damals arbeitete sie für diese Werbeagentur, bevor Dad sie für unsere Kundenberatung engagiert hat. Seitdem waren Mandy und ich uns immer darin einig, daß wir die Firma vergrößern wollten. Als wir das Haus vor zwei Monaten gekauft haben, hat Mandy sich so gefreut. Sie hat behauptet, daß sie schon immer ein altes Haus von Grund auf renovieren wollte. Und sie hat genauso hart an dem alten Gebäude geschuftet wie ich auch.«

Dave setzte sich auf einen Stuhl. »Weiter.«

»Gestern nacht, als wir von der Party nach Hause kamen, meinte Mandy, daß es ihr allmählich so richtig bewußt würde, daß wir bald heiraten. Immerhin hatte ich ihr erst vor einer Woche den Vorschlag gemacht, unser Zusammenleben zu legalisieren. Und sie war damit einverstanden gewesen.«

Liz starrte ihren Bruder an. Ihre Miene hatte sich wieder verfinstert. »Das hast du ihr vorgeschlagen? Hast du wirklich gesagt: Laß uns unser Zusammenleben legalisieren? Das ist der romantischste Heiratsantrag, den ich jemals gehört habe! So romantisch wie ein nasser Waschlappen! Ehrlich gesagt, Steve, du hättest . . . Oh!« Erschrocken schnappte Liz nach Luft. Dave hatte sie um die Taille gepackt und zog sie auf seinen Schoß. »Was machst du da?«

Er grinste. »Ich bemühe mich nur, dir gegenüber romantisch und zärtlich zu sein. Von mir sollst du nie behaupten können, daß ich so romantisch bin wie ein nasser Lappen! Erzähl weiter, Steve!«

Liz versuchte, von Daves Schoß aufzustehen, aber Dave schlang einen Arm um ihre Taille und hielt sie fest. Sie warf ihm einen wütenden Blick zu, er jedoch lächelte sie nur an.

»Und heute morgen fand ich Mandy in einem der oberen Schlafräume vor . . .«, fuhr Steve mit seinem Bericht fort. »Sie stand einfach nur da.«

Liz saß ganz still auf Daves Schoß und hielt den Atem an. Denk nicht nach, befahl sie sich selbst. Denk nicht an die Wärme, die von Daves Körper ausgeht. Denk nicht daran, wie nah du ihm bist! Sie würde an nichts dergleichen denken. Sie würde Steves Klagen zuhören und sich vorstellen, auf einem Stuhl zu sitzen. Ha!

Steve holte tief Luft. »Mandy erklärte mir mit bedeutungsvoller, merkwürdiger Stimme, daß der Raum ein ideales Kinderzimmer für unser Baby abgeben würde. Ich fiel beinahe in Ohnmacht.«

Dave preßte seine Hand auf Liz' Bauch, seine Fingerspitzen berührten ihre Brüste. Liz' Augen weiteten sich, aber sie bewegte sich nicht.

»Mandy erklärte, daß sie jetzt einunddreißig sei, und daß ihre biologische Uhr allmählich ablaufen würde . . . oder so etwas Ähnliches, zum Teufel! Und daß sie sich ein Baby wünscht.«

Daves Hand streichelte Liz sanft mit den Fingerspitzen. Mit halbgeschlossenen Augen bewegte sie sich auf seinem Schoß und schmiegte sich enger an ihn. Als sie spürte, wie Dave scharf den Atem einzog, rutschte sie noch ein wenig näher.

Seine Hand hielt mitten in der Bewegung inne. »Hör auf!« flüsterte er ihr ins Ohr.

Liz lächelte nur.

»Ein Baby!« Steve schüttelte ungläubig den Kopf.

Liz fuhr zusammen. »Oh . . . Steve . . . du und Mandy . . . Ja, natürlich. Ein Baby. Mandy wünscht sich ein Baby. Wie reizend.«

»Hört ihr mir überhaupt zu?« erkundigte sich Steve. »Oder seid ihr beiden viel zu sehr mit euch selbst beschäftigt?«

»Wir sitzen nur hier«, erwiderte Dave unschuldig. »Und hören dir aufmerksam zu. Habe ich recht, Liz?«

»O ja, du hast recht. Steve, gefällt dir der Gedanke

denn überhaupt nicht, ein Baby zu haben . . . Vater zu sein? Ich meine – kannst du es dir wirklich nicht vorstellen?«

»Ich weiß es nicht.« Steve hob die Hände. »Ich habe mir noch keine Gedanken darüber gemacht. Mandy und ich haben nie über ein Baby gesprochen. Ich habe an unseren Plänen gearbeitet, für die Firma zu reisen.«

»So?!« Liz hob den Zeigefinger. Wieder bewegte sie sich leicht, und Dave stöhnte tief auf. »Du hast also die Pläne ausgearbeitet? Setzt du dich denn nicht mit Mandy zusammen und überlegst mit ihr gemeinsam, wie eure Arbeit aussieht?«

»Nun, nicht direkt. Ich habe mir Gedanken gemacht und alles in einem Bericht zusammengefaßt. Bevor ich ihn Mom und Dad vorgelegt habe, sollte Mandy ihre Zustimmung dazu geben. Sie meinte . . .« Steve verstummte und starrte vor sich hin. »Ich kann mich nicht mehr an ihre Worte erinnern. Ich habe mich voll und ganz darauf konzentriert, meine Pläne bei Mom und Dad durchzusetzen, damit sie die Kosten für unsere Reisen genehmigen. Wir fahren gleich nach Neujahr los. Jedenfalls hatten wir das vor. Im Augenblick redet Mandy nicht einmal mit mir.«

Wieder preßte Dave seine Hand auf Liz' Bauch. »Wenn ein Mann ein Kind hat, weiß er, daß ein Teil von ihm weiterlebt, wenn er stirbt. Ein Baby ist der Beweis dafür, daß er existiert hat . . . daß er für irgend jemanden von Bedeutung war. Nicht jeder Mann eignet sich allerdings dazu, Vater zu werden. Dafür bin ich das beste Beispiel. Aber du, Steve? Auch wenn du ein wenig exzentrisch bist – du bist doch ein netter Kerl. Und du hast ein gutes Herz. Stell dir doch mal Mandy vor, wie sie sich in der

Schwangerschaft verändern würde . . . wie ihr Bauch sich runden würde, weil sie dein Kind trägt. Ihr beiden würdet ein kleines Wunder erschaffen – aus eurer Liebe zueinander.«

Liz drehte den Kopf und starrte Dave an. Die Kehle wurde ihr eng. Überrascht stellte sie fest, daß ihre Augen feucht wurden.

Er sagte so wunderschöne Dinge. Ein Baby – ein kleines Wunder . . . erschaffen aus der Liebe zweier Menschen zueinander. Da, wo jetzt Daves Hand lag, würde ein Baby in ihrem Bauch wachsen – sicher und geborgen in ihr zusammengekauert, bis es bereit war, auf die Welt zu kommen. Ein kleiner Junge mit Daves dunklen Haaren und seinen Augen – Oh, Himmel, was phantasierte sie denn da schon wieder zusammen?

Steve stand wortlos auf und ging ins Bad. Als er zurückkehrte, hatte er seine Jacke angezogen.

»Steve?« fragte Liz.

»Danke für eure Hilfe.« Er eilte zur Tür. »Was bin ich doch für ein Idiot! Ich muß sofort nach Hause und mit Mandy reden. Ein Baby. Ja! Wir werden ein Baby haben.« Damit wandte er sich ab und verließ die Wohnung.

Liz starrte einen Augenblick auf die Tür, dann drehte sie sich langsam um und sah Dave an.

»Hast du . . . hast du das alles ernst gemeint, was du da eben zu Steve gesagt hast?« fragte sie weich.

»Ja, aber meine Einstellung zu einem Baby ist mir tatsächlich erst bewußt geworden, als ich anfing, darüber zu reden.«

»Oh . . .«

»Es gab für mich bis jetzt einfach noch keinen Grund,

mir darüber Gedanken zu machen.« Er hielt inne. »Bis jetzt.« Er blickte auf seine Hand, die immer noch auf Liz' Bauch lag. Dann hob er den Kopf. Ihre Blicke begegneten sich. »Verdammt, Liz, was, zum Teufel, stellst du mit mir an?«

4

Was geschah hier mit ihr und Dave McHugh?

Liz konnte die Frage drehen und wenden, soviel sie wollte, eine Antwort fand sie nicht darauf.

Sie war diejenige, die sich romantischen Tagträumen hingab, in denen Dave eine Rolle spielte. Sie hatte auf seinem Schoß gesessen und sich ein gemeinsames niedliches Baby vorgestellt – ihr eigenes kleines Wunder. Ihrer Phantasie entsprangen die Bilder, wie sie und Dave sich leidenschaftlich liebten. Die vorsichtige, zurückhaltende Liz Barton wollte mit einem Mann schlafen, den sie kaum kannte . . . Du liebe Güte!

Und noch etwas anderes beschäftigte Liz. Irgendwie hatte sie das Gefühl, Dave schon sehr lange zu kennen. Ob das daran lag, daß Steve soviel von ihm erzählt hatte? Nein. Liz schüttelte den Kopf. Sie kannte nur den Dave McHugh, den sie neben sich im Bett vorgefunden hatte, als sie am Morgen die Augen aufgeschlagen hatte.

Es war dieser Dave gewesen, der sie berührt und eine nie gekannte Sehnsucht in ihr erweckt hatte.

Dieser Dave hatte ihr einen Einblick in seine einsame Kindheit gewährt und ihr in einem unbedachten Augenblick gestanden, wie gern er zu einer Familie wie den Bartons gehören würde. Selbst wenn es nur für ein paar Wochen wäre.

Dieser Dave hatte seinem besten Freund offenbart, was es bedeutete, mit der Frau, die er liebte, ein Kind zu haben. Das war der Dave, den Liz kannte – und das, wie es ihr schien, schon lange.

Was bedeutete sie für Dave McHugh?

Liz hatte keine Ahnung. Ihr wurde nur zunehmend klarer, daß sie im Begriff war, sich in Dave zu verlieben.

»Liz?« Dave riß sie aus ihrer Versunkenheit. »Du bist ja meilenweit weg.«

»Oh, es tut mir leid.« Sie glitt von seinem Schoß und zog geistesabwesend an ihrem Sweater.

Dave erhob sich. »Ist irgend etwas nicht in Ordnung?«

»Nein. Ich meine, ja, es ist alles gut«, erwiderte sie und sah ihn dabei nicht an. Es war alles in Ordnung, bis auf die Tatsache, daß sie den größten Fehler ihres Lebens begehen würde, wenn sie sich in Dave verliebte. Und daß er nur ein Besucher war und nach zwei Wochen wieder aus ihrem Leben verschwinden würde. Und daß sie drauf und dran war, in Tränen auszubrechen, und nicht die leiseste Ahnung hatte, warum. »Es ist alles in Ordnung, Dave.«

»Du bist ganz ruhig, nicht wahr?«

»Ruhig? Oh – natürlich. Ruhig. Ich bin ganz ruhig. Eigentlich hätte ich noch eine Menge zu diesem Unsinn mit dem Computer zu sagen, aber das ist jetzt nicht der richtige Zeitpunkt. Es ist ja nicht deine Schuld, Dave. Du bist nur zufällig derjenige, der meine Arbeit durch einen Computer ersetzen will – aber das war ja nicht deine Idee. Es gibt also keinen Grund für mich, dir deswegen etwas vorzuweinen.«

»Ich verstehe. Du bist also ganz ruhig. Es gibt nichts, was dich beunruhigt.«

»Nichts.«

»Zum Teufel, Liz, du tust es schon wieder!« rief Dave.

Erschrocken blickte sie zu ihm auf. »Was . . . was meinst du damit?«

»Immer, wenn du dich mit einer Sache nicht auseinandersetzen willst, ziehst du dich in dich zurück und wirkst nach außen hin ruhig und gelassen. Du ignorierst einfach, daß es etwas gibt, womit du dich beschäftigen solltest. Du setzt ein liebenswürdiges Lächeln auf und verbirgst deine wahren Gefühle. Aber bei mir gelingt dir dieses Versteckspiel nicht, Liz. Du hast es nämlich mit einem Profi zu tun, der sich nur allzu gut mit Schutzmechanismen auskennt.« Daves Stimme hatte sich gehoben.

Liz zog kaum merklich die Brauen zusammen. »Schrei mich nicht so an! Ich weiß überhaupt nicht, wovon du sprichst. Du würdest einen miserablen Barton abgeben, Dave McHugh. Du bist ja ein Psychopath! Ich verstecke mich doch nicht! Vor nichts und niemandem!«

»Nein?« Auf einmal klang Daves Stimme leise und kontrolliert.

Liz schlang die Arme um ihre Taille und reckte das Kinn. »Nein.«

Eine Zeitlang sah er sie nur an, und Liz hielt seinem Blick stand. Dabei ignorierte sie die Tatsache, daß ihre Knie zitterten.

»Es gibt da einen alten Mann . . .« Daves Stimme war immer noch leise. »Er fischt an einem Pier ganz in der Nähe von meiner Wohnung. Ich mache oft einen Spaziergang zum Strand, und wir plaudern miteinander. Er ist Witwer und hat keine Kinder. Er lebt allein. Einmal fragte er mich, warum ich allein lebe, wo ich doch die Möglichkeit hätte, mein Leben mit jemandem zu teilen. Ich erklärte ihm, daß ich so und nicht anders leben wollte, und daß das Alleinsein genau das ist, was ich mir wünsche. Er sah mich lange an und meinte dann: ›Hör mir gut zu, mein Junge, Leute, die allein sind, errichten Mauern um ihr Herz – anstatt Brücken zu bauen!‹ Ich hielt das Ganze für das senile Geschwätz eines alten Mannes und hatte es völlig vergessen – bis heute.«

»Dave, ich . . .«

Er bedeutete ihr mit einer Handbewegung zu schweigen. »Liz, ich kann und will nicht so tun, als ob zwischen uns beiden nichts wäre. Was auch immer es sein mag – es ist jedenfalls mit nichts zu vergleichen, was ich jemals erlebt habe. Es ist ausgesprochen verwirrend und stellt mich vor eine Menge Fragen, auf die ich keine Antwort weiß. Aber ich ziehe mich nicht in mich selbst zurück. Liz, willst du es denn nicht auch wissen? Warum läßt du deine lächerliche Fassade aus Ruhe und Gelassenheit nicht fallen und findest mit mir zusammen heraus, was zwischen uns abläuft?«

Liz umfaßte ihren Körper noch fester mit den Armen, sagte aber nichts.

»Vielleicht hat es ja alles nichts zu bedeuten . . .« Dave fuhr sich mit der Hand durchs Haar. »Vielleicht ist es nur körperliche Anziehungskraft, Erotik, was weiß ich. Liz, ich habe immer allein gelebt, und ich habe mich schon vor langer Zeit dazu entschieden, das niemals zu ändern. Aber jetzt klingen mir die Worte des alten Mannes in den Ohren. Was ist . . . was ist, wenn wir beide einsame Menschen sind, Liz, die nie gelernt haben, eine Brücke zu anderen zu bauen? Versteck dich nicht, Liz, nicht vor dem, was ich gesagt habe. Und nicht vor mir.«

Mit Tränen in den Augen starrte sie ihn an. Tief in seinen dunklen Augen erkannte sie seine Verletzlichkeit. Dave hatte sich aus seinem Schneckenhaus hervorgewagt, um für sich die Antworten auf seine Fragen zu finden, während sie immer noch wie ein verängstigtes Kind in ihrem verharrte.

Sie seufzte leise. Es ist zu viel, dachte sie verzweifelt. Das alles geht viel zu schnell. Ihr sicheres, wohlgeordnetes Leben geriet völlig durcheinander. Sie wurde mit all dem so schnell nicht fertig. Es war einfach zuviel – viel zu viel.

War sie einsam? Liz wußte es nicht. Sehnte sie sich unbewußt nach der Nähe eines anderen Menschen? Wollte sie, daß alle ihre Abwehrmechanismen zusammenbrachen? Ja, auch sie fragte sich, was es mit diesen neuen und wunderbaren Gefühlen auf sich hatte, die sie durch Dave kennengelernt hatte. Aber hatte sie auch den Mut, nach den Antworten zu suchen? Liz wußte es nicht.

Und dann – was wäre, wenn sich tatsächlich herausstellte, daß sie sich in Dave McHugh verliebt hatte?

In Dave, der nur eine Zeitlang bei ihr bleiben würde. In den falschen Mann . . . Er würde ihr das Herz brechen.

Tränen rannen über ihre Wangen.

»Verflixt!« Im nächsten Augenblick war Dave bei ihr. Er legte die Arme um sie und hielt sie engumschlungen. Bei ihm fühlte sich Liz sicher und geborgen. »Ich wollte dich nicht zum Weinen bringen. Ich will dich nie zum Weinen bringen, Liz. Ich habe nur gesagt, was ich fühle – was endlich einmal gesagt werden mußte. Das alles ist auch für mich verdammt schwer auszuhalten. Und ich fange an zu begreifen, was es für dich bedeuten muß. Du fürchtest dich sicher zu Tode.«

»Ja«, erwiderte Liz und legte den Kopf an seine Brust. »Ich kann überhaupt nicht mehr klar denken, ich habe das Gefühl, daß ich kaum noch atmen kann. Es ist zuviel für mich, Dave. Verstehst du das nicht? Vielleicht bin ich einsam – aber wenn es so ist, dann ist es zumindest ein

Zustand, der mir vertraut ist. Ich weiß, wie ich damit umzugehen habe. Im Augenblick passiert so viel, und es geht alles so schnell. Ich kann es noch nicht einordnen.«

»Ja, das verstehe ich gut. Mir geht es genauso. Auch ich fühle mich völlig verwirrt.« Dave umfaßte sanft ihre Schultern und schob sie ein wenig von sich. Liz blickte zu ihm auf. »Ich muß nur wissen, ob du dich hinter deinen Schutzmechanismen versteckst. Wir werden gemeinsam herausfinden, was zwischen uns geschieht, Liz. Gemeinsam. Okay?«

Und wenn sich herausstellt, daß wir beide ganz unterschiedliche Antworten auf unsere Fragen finden? überlegte Liz. Was dann? Dave könnte für sich feststellen, daß Liz ihn lediglich sexuell anzog. Er könnte mit den Fingern schnippen und sich sagen: ›Also gut, alter Junge, es war nichts weiter als Erotik und Sex.‹ Das wär's dann wohl gewesen.

Und wie könnte ihre Antwort aussehen? Was wäre, wenn sie feststellen müßte, daß sie Dave McHugh liebte – einen Mann, der rasch ihrer Vorsicht und ihrem Bedürfnis nach Stabilität und Ordnung in ihrem Leben überdrüssig werden würde?

Nein, entschied Liz. Das hier war nichts für sie. Was auch immer zwischen ihnen ablief – sie waren grundsätzlich zu verschieden. Zwischen ihnen konnte es keine Gemeinsamkeiten geben.

Und doch . . . Dave könnte für zwei Wochen zu mir gehören, dachte Liz plötzlich. Die ganzen Feiertage über würde er bei ihr sein – als ihr ganz privates Weihnachtsgeschenk, das sie sich selbst machte. Auch wenn er während dieser zwei Wochen feststellen würde, daß er sich von ihr nur körperlich angezogen fühlte . . . er hatte ihr versprochen, bis nach der Hochzeit zu bleiben und seine Rolle in ihrer Inszenierung einer Komödie zu spielen.

Liz würde nicht länger ihre Beziehung klären wollen – sie würde in dem Bewußtsein leben, daß sie ihr Geschenk wieder abgeben mußte, wenn die Zeit abgelaufen war, und jede Erinnerung an Dave im Herzen bewahren. Sie fühlte sich wie Aschenputtel.

»Liz?«

»Wie bitte? Oh, entschuldige, Dave, ich war ganz in Gedanken. Ich mußte das alles erst mal für mich ein wenig ordnen.«

»Und? Gibst du uns eine Chance, herauszufinden, was hier mit uns geschieht?«

Nein, dachte sie. Ich will gar nichts mehr herausfinden . . . »Ich werde mich nicht in mich zurückziehen und mich nicht vor dir verstecken, Dave«, erwiderte sie weich. Nicht während dieser märchenhaften zwei Wochen.

»Gut.« Er lächelte ihr liebevoll zu. »Wenn mir jemand vor ein paar Tagen gesagt hätte, daß ich mich schon bald in einer Situation wie dieser befinden würde, hätte ich ihn für verrückt erklärt. Deine Familie glaubt, daß wir das berühmt-berüchtigte ›Es‹ getan haben und uns wahnsinnig ineinander verliebt haben. Und sie freuen sich darauf, daß wir bald zu dem natürlichen Schluß kommen, nämlich unsere Verbindung zu legalisieren und zu heiraten. Wir beide wissen es besser . . . Wir versuchen zu klären, was wirklich zwischen uns geschieht. Das alles ist ziemlich kompliziert.«

»Allerdings.« Liz lächelte schwach. Und zu allem Überfluß an Verwirrungen hatte sie auch noch ihren eigenen Plan, den nur sie selbst kannte. »Dave, können wir das Thema erst einmal aufschieben und einen Weihnachtsbaum kaufen?«

Er lachte und umfaßte mit beiden Händen ihr Gesicht. »Lady, wir werden den schönsten Weihnachtsbaum in ganz Denver für dich finden.«

»Für uns. Das wird unser Weihnachtsbaum.«

Einen Moment lang blickte er sie an, dann küßte er sie flüchtig auf die Lippen. »Geh und zieh dich warm an. Draußen ist es kalt und windig.«

»Okay.« Liz strahlte ihn an, ihre blauen Augen funkelten vor Aufregung. Dann ging sie ins Schlafzimmer.

Dave sah ihr mit zusammengezogenen Brauen nach. Was tust du da, McHugh? fragte er sich. Tief in seinem Inneren hatte sich eine unbekannte Angst ausgebreitet, die erst verschwunden war, als Liz seinen Vorschlägen zugestimmt hatte.

Warum tat er das alles? Warum war ihm die ganze Sache so wichtig? Dave wußte es nicht. Er wußte nur, daß er niemals zuvor eine Frau so schmerzhaft begehrt hatte wie Liz Barton.

Es war verrückt. Eine zierliche Frau mit leuchtend blauen Augen und wilden roten Locken brachte ihn um den Verstand. Dave wußte, daß es vernünftiger gewesen wäre, auf Wiedersehen zu sagen und zu gehen, sich nicht weiter auf diese ganze Angelegenheit einzulassen. Und doch war er zu seinem Erstaunen erleichtert gewesen, als Liz ihm versichert hatte, daß sie ihm gegenüber offen sein würde. Es war lächerlich. Heller Wahnsinn!

»Ich bin fertig, Dave.« Liz kehrte zurück ins Wohnzimmer. »Ich habe dir auch deine Jacke mitgebracht. Oh, ich freue mich so darauf, einen Baum auszusuchen. Die Tannen duften so gut, findest du nicht auch?«

Dave zuckte die Schultern. »Ich weiß nicht. Ich habe noch nie einen Weihnachtsbaum gekauft.«

»Hat man im Waisenhaus keinen Weihnachtsbaum aufgestellt?«

»Doch, natürlich, aber man durfte ihn nicht anfassen. Ich bin morgens aufgewacht, und dann stand da ein Baum. Es schien nie viel mit mir zu tun zu haben. Liz, ich rede wirklich nicht gern über meine Vergangenheit. Es hört sich mit Sicherheit so an, als würde ich mich selbst bemitleiden. Aber das ist nicht so. Ich bin erwachsen und denke nicht mehr an meine Kindheit zurück. Ich bin jetzt ein Mann von zweiunddreißig.«

»Der immer noch allein ist«, sagte sie. Im nächsten Augenblick bereute sie ihre Worte. »Es tut mir leid. Das hätte ich nicht sagen dürfen. Für deine Kindheit bist du nicht verantwortlich, aber dafür, daß du jetzt allein lebst schon. Ich erinnere mich noch gut daran, wie Steve meiner Mutter verboten hat, ihn dazu aufzufordern, zu heiraten und eine Familie zu gründen. Dabei hätten meine Eltern nie im Traum daran gedacht, ihn zu drängen . . . Aber Steve hielt es für angebracht, ihnen das Thema ›Ehe‹ von vornherein zu verbieten. Er behauptete, daß er sich allein sehr wohl fühlt.«

Dave lächelte. »Und dann kam Mandy, und es war vorbei mit dem lustigen Junggesellenleben. Steve Barton, der Draufgänger, wird bald heiraten. Und ich gehe jede Wette mit dir ein, daß es nächstes Jahr Weihnachten ein Barton-Baby geben wird. Du siehst also, Liz, daß wir nie sicher sein können, was uns die Zukunft bringt. Unsere augenblicklichen Ansichten zu unseren Lebensbedingungen sind nicht unwiderruflich.«

Liz öffnete schon den Mund zu einer Entgegnung, dann stellte sie jedoch fest, daß sie keine Ahnung hatte, was sie sagen sollte.

Dave lächelte. »Komm! Wir kaufen jetzt einen Weihnachtsbaum.«

Ungefähr vier Stunden später fühlten sich Liz' Füße wie unförmige Eisklumpen an. Sie hatte eine kalte Nase, und ihre Finger schmerzten selbst in den Handschuhen vor Kälte. Wieder einmal stand sie vor einem Weihnachtsbaumverkäufer, hüpfte von einem kalten Fuß auf den anderen und beobachtete, wie ihr Atem in kleinen weißen Wolken in der Luft hing wie der Rauch einer Dampflokomotive.

Was habe ich mir nur angetan? dachte sie. Wie konnte ich bloß Dave McHugh auf die Suche nach einem Weihnachtsbaum mitnehmen! Als er behauptet hatte, daß sie den schönsten Baum in ganz Denver finden würden, hatte er nicht gescherzt. Für einen Mann, der noch nie in seinem Leben einen Weihnachtsbaum gekauft hatte, wußte er verdammt gut, was er wollte. Oder – um genauer zu sein – was er auf keinen Fall wollte. Er brachte die Verkäufer um den Verstand und machte aus Liz einen Eiszapfen.

»Hören Sie, Mister«, bemerkte der Verkäufer an Dave gewandt. »Die Spitze des Baumes ist ein wenig krumm. Ja und? Schneiden Sie sie doch einfach ab! Der übrige Baum ist bildschön. Einen besseren finden Sie nicht.«

Dave rieb sich das Kinn und betrachtete kritisch die Baumspitze. »Ich weiß nicht.«

»Dave«, erklärte Liz zähneklappernd. »Der Mann hat

recht. Wenn wir ein wenig von der Spitze abschneiden, haben wir auch genug Platz für den Engel.«

Dave schüttelte den Kopf. »Ich weiß nicht.«

»Sie haben recht, Lady.« Der Verkäufer mischte sich rasch ein. »Was wäre ein Weihnachtsbaum ohne Engel auf der Spitze? Das wäre weiß Gott ein trauriges Exemplar. Schneiden Sie nur diesen kleinen krummen Ast da ab – und Sie haben Ihren Baum.«

»Nun . . .« Dave zögerte.

»Abgemacht!« rief Liz.

»Ich weiß nicht«, meinte Dave.

»Oh, du liebe Güte«, murmelte der Verkäufer.

»Dave, bitte. Ich friere mich zu Tode, und ich habe Hunger. Außerdem schneit es so stark, daß die Straßen immer glatter werden und immer schlechter zu befahren sind. Und – und ich will nach Hause! Es ist ein wunderschöner Baum. Einfach wunderschön . . . Der schönste Baum, den ich jemals gesehen habe. Ich habe mich auf den ersten Blick in diesen Baum verliebt – ich will ihn haben.« Liz hielt inne und holte tief Luft. »Laß uns endlich diesen dummen Baum kaufen!« rief sie aus.

Mit großen Augen starrte Dave sie an, dann wandte er sich an den Verkäufer.

»Nun . . . wir nehmen den Baum.«

»Alles Gute, Lady«, sagte der Mann sichtlich erleichtert. »Ich hoffe, daß der Weihnachtsmann Ihnen einen Haufen Geschenke bringt.«

Ich habe doch schon mein Weihnachsgeschenk, dachte Liz wehmütig. Da stand es, oder vielmehr er: der unschlagbare Weihnachtsbaum-Spezialist von Denver – Dave McHugh!

Wenig später waren sie wieder in Liz' Apartment. Dave nickte nur geistesabwesend, als Liz erklärte, daß sie erst einmal unter die heiße Dusche müßte, um ihren erfrorenen Körper aufzutauen. Nachdenklich betrachtete er den Christbaumständer und prüfte seine Stabilität. Liz unterdrückte ein Grinsen und verschwand ins Bad.

Sie blieb viel länger als gewöhnlich unter der Dusche. Das heiße Wasser, das über ihren Körper strömte, war so unendlich wohltuend, daß sie zögerte, die Dusche zu verlassen. Schließlich entschied sie aber doch, daß ihr Körper von Kopf bis Fuß wieder aufgewärmt sei, und trocknete sich ab. Sie zog BH und Slip an und darüber einen königsblauen Samtkaftan. Da ihre rot-grün gestreiften Slipper überhaupt nicht dazu paßten, ging sie barfuß ins Wohnzimmer. Überrascht blieb sie in der Tür stehen.

»O Dave!« rief sie aus. »Du hast den Baum schon aufgestellt! Und auch die Lichter schon angebracht! Wie schön!«

»Nicht schlecht, nicht wahr?« Dave grinste stolz. »Ich fürchte nur, daß ich dein großes Messer ruiniert habe, als ich die krumme Spitze abgeschnitten habe. Aber ich kaufe dir ein neues. Hast du gesehen, wie gleichmäßig ich die Lichter verteilt habe? Kein Licht von derselben Farbe befindet sich neben dem anderen. Siehst du das?«

»Ja.« Liz lächelte ihm zu. »Ich sehe es.« Dies würde wirklich der schönste Weihnachtsbaum werden, den sie jemals gehabt hatte. »Warum hängst du nicht auch die Girlanden auf? Ich bereite uns schnell ein paar überbakkene Käsesandwiches und eine heiße Suppe zu. Dann helfe ich dir beim Dekorieren. Oh, und ich glaube, ich zünde zuerst einmal ein Feuer im Kamin an!«

Dave fuhr herum und starrte auf den Kamin. Im Geist

sah er sich wieder vor den lodernden Flammen, wie er Liz in den Armen hielt, sie küßte und streichelte. Er stellte sich vor, wie er sie lieben und sie in eine Ekstase versetzen würde, die sie nie zuvor erlebt hatte. Er würde ganz langsam, ganz behutsam in sie eindringen und sie in höchste Höhen der Leidenschaft entführen. Er würde . . .

»Dave? Willst du nicht, daß ich ein Feuer anzünde?«

»Doch, natürlich . . . Ein Feuer . . . Ich zünde es gleich an . . .«

Liz hob die Brauen und neigte den Kopf zur Seite. »Ist irgend etwas nicht in Ordnung?«

»Nein, nein – es ist alles okay. Geh du nur in die Küche und mach uns etwas zu essen. Jetzt, wo ich davon rede, merke ich erst, wie hungrig ich bin. Ich mache das Feuer im Kamin und fange dann an, die Girlanden in den Baum zu hängen.«

»Also gut.« Liz blickte ihn noch einmal aufmerksam an, dann wandte sie sich in Richtung Küche. »Ich beeile mich. Die Suppe und die Sandwiches sind bald fertig. Oh, warte . . .« Sie trat an den Plattenspieler. Kurz darauf erklang ein Weihnachtslied. »So. Das hat noch gefehlt.« Sie drehte sich um und verließ das Zimmer.

Dave stöhnte. »Weihnachtslieder! Du liebe Güte!«

Er schüttelte den Kopf und hockte sich vor den Kamin. Während er Papier zusammenknüllte und Scheite auflegte, fragte er sich, wie er diesen Abend überleben sollte.

Liz. Himmel . . . Wie sehr sehnte er sich nach dieser Frau!

Dave entzündete ein Streichholz und hielt es an das Papier. Gebannt beobachtete er, wie erst das Papier und dann das Holz Feuer fingen. Die hellen Flammen wurden größer und verströmten immer mehr Hitze.

Dave befestigte den Feuerschutz vor dem Kamin und stellte fest, daß ihn nur wenig von der heißen Glut trennte. So wenig, wie der weiche blaue Kaftan ihn von Liz trennte . . .

Draußen im Schnee hat sie so niedlich ausgesehen, überlegte er, während er in die Flammen starrte. Sie hatte da inmitten all dieser Weihnachtsbäume gestanden – mit roter Nase und rosigen Wangen. Ihre Haare waren voller Schneeflocken gewesen. Dave hatte sie durch die halbe Stadt gezerrt, um den schönsten Baum – ihren Baum! – zu finden, bis sie die Nase voll gehabt und einen ihrer leidenschaftlichen unbeherrschten Ausbrüche gehabt hatte. Sie war schon etwas ganz Besonderes – seine kleine Liz.

Und jetzt sah sie überhaupt nicht mehr niedlich aus. Zusammen mit der warmen, schneenassen Kleidung hatte sie alles Kindliche abgelegt und war als schöne, erwachsene Frau aus dem Bad gekommen. Am liebsten hätte Dave mit der Hand über den blauen Samt des Kaftans gestrichen, um Liz' sanfte Rundungen unter dem weichen Stoff zu spüren. Er hätte sie eng an sich gezogen und ihre Lippen mit leidenschaftlichen endlosen Küssen bedeckt.

Und dann hätte er ihr den Kaftan abgestreift und sie vor der Glut der Flammen . . .

»Bist du schon fertig?«

Beim Klang von Liz' Stimme fuhr Dave erschrocken zusammen. Er drehte sich um. Liz stand mit einem Tablett in den Händen hinter ihm. Sie stellte es auf dem niedrigen Tisch ab und setzte sich dann auf das Sofa – ihm und dem knisternden Kaminfeuer gegenüber.

»Du bist ja ein Meister im Feueranzünden«, stellte sie lächelnd fest.

Du auch, dachte er trocken. Dann erhob er sich. Das Feuer, das in seinem Innersten brannte, drohte ihn jeden Moment zu verbrennen. Beruhige dich, McHugh, befahl er sich selbst.

Mit angehaltenem Atem sah Liz zu, wie er sich aufrichtete und dann auf sie hinunterblickte. Vor dem Hintergrund der hellen Flammen wirkte sein Körper noch größer und stärker. Er strahlte eine kraftvolle Vitalität aus. Das Flackern des Feuers warf tanzende Schatten auf sein Gesicht, und es war Liz nicht möglich, zu erkennen und herauszufinden, was Dave gerade dachte.

Aber sie spürte regelrecht, daß er sie ansah. Seine dunklen Augen schienen ihren Samtkaftan zu durchdringen. Sie erschauerte. Ihre Brüste schmerzten vor Verlangen, als sie zu ihm aufschaute, um seinen Anblick für immer in sich aufzunehmen.

Die Stille im Raum wurde nur vom Knistern der Scheite im Kamin unterbrochen. Die Luft zwischen Liz und Dave schien elektrisch geladen zu sein.

»Unser Abendessen«, bemerkte Liz und erkannte ihre eigene Stimme kaum wieder. »Es wird kalt.«

»Wie bitte?« Dave schüttelte benommen den Kopf. »O ja – natürlich.« Er ging um den Tisch herum und setzte sich neben Liz auf das Sofa. Ihre Nähe erregte ihn aufs äußerste. Liz war so verdammt schön . . . und so verführerisch . . . Er mußte sich jetzt unbedingt auf überbackene Käsesandwiches konzentrieren! »Hast du auch Hunger?« Er griff nach einem Sandwich.

»O ja.« Auch Liz nahm sich ein halbes Käsesandwich.

Sie biß hinein, kaute, schluckte und fragte sich geistesabwesend, wonach es wohl schmeckte.

Sie saßen beide da, starrten in die Flammen und sprachen während des Essens kein Wort. Überrascht stellten beide fest, wie schnell die Suppe und die Sandwiches vertilgt waren.

»Oh! Möchtest du noch etwas essen, Dave?« erkundigte sich Liz. »Vielleicht noch ein paar Kekse?«

»Nein, nein. Ich bin satt. Es war köstlich. Danke, Liz.«

»Ich bringe nur rasch das Geschirr in die Küche . . .«

»Liz, warte.« Als sie die Hände nach dem Tablett ausstreckte, ergriff er sie, legte sie auf seine Oberschenkel und hielt sie da fest. »Wir müssen miteinander reden.«

Liz starrte auf ihre Hände. Sie waren von Daves großen Händen fast ganz bedeckt, und seine gebräunte Haut stand in scharfem Kontrast zu ihrer hellen. Liz spürte die Kraft in seinen angespannten, muskulösen Oberschenkeln. Und sie spürte, wie eine tiefe Wärme in ihrem Innersten aufstieg. Ihr Herz klopfte auf einmal zum Zerspringen.

»Liz?«

Sie schreckte aus ihrer Versunkenheit auf. Ihre Blicke trafen sich. »Ja? Müssen wir miteinander reden? Worüber denn?«

»Liz, ich muß dir etwas sagen . . .« Dave hielt inne und zog die Brauen zusammen. »Himmel, so etwas habe ich noch nie im Leben zu einer Frau gesagt. Okay, bringen wir's hinter uns. Du weißt, daß ich dich begehre, Liz, nicht wahr? Ich will mit dir schlafen . . . Und du willst mich auch, aber das ist eine viel kompliziertere Angelegenheit, weil du . . . Ich will damit sagen, daß du keine Frau für ein flüchtiges Abenteuer bist . . . Verflixt!«

Er räusperte sich. »Ich mache meine Sache wohl nicht besonders gut.«

»Ich weiß, was du meinst, Dave. Ich bin fünfundzwanzig Jahre alt und noch Jungfrau. Das ist höchst ungewöhnlich. Ich habe keine flüchtigen Affären mit Männern, und aus diesem Grund ist es für mich von viel größerer Bedeutung, mit einem Mann zu schlafen, als es normalerweise der Fall ist. Ich habe für unsere augenblicklichen gesellschaftlichen Normen viel zu lange damit gewartet. Deshalb müssen wir beide dieses Thema gründlich diskutieren, bevor wir – vielleicht – zusammen ins Bett gehen. Habe ich mich in deinem Sinn ausgedrückt?«

»Es war ziemlich theoretisch, aber ich denke, daß du es erfaßt hast. Da das alles viel problematischer für dich ist als für mich, muß ich dir die Entscheidung, ob wir miteinander schlafen, allein überlassen.«

»Oh . . .«

»Ich weiß, daß es nicht ganz fair ist, aber ich habe keine Ahnung, wie ich sonst damit umgehen soll. Ich habe so große Angst, dich zu irgend etwas zu verführen, das du später bereust. Den Gedanken daran ertrage ich nicht.«

»Oh . . .«

»Könntest du bitte zur Abwechslung einmal etwas anderes als ›oh‹ sagen? So ein Gespräch wie dieses hier habe ich nämlich noch nie geführt. Es fällt mir verdammt schwer. Ich bin daran gewöhnt, die Signale wahrzunehmen, die eine Frau mir gegenüber aussendet und dann . . . Vergiß es, Liz. Es liegt allein bei dir. Ich beuge mich deinem Entschluß.«

»Oh . . . Ich wollte sagen, ja . . . Ich verstehe, Dave. Wenn ich das Gefühl habe, daß wir beide miteinander schlafen wollen, muß ich klar und deutlich meine

Meinung dazu sagen . . .« Liz nickte. »Okay, das habe ich verstanden. Ich könnte zum Beispiel sagen . . .«

Dave stöhnte. »Bitte, nicht! Das halte ich nicht länger aus! Laß uns das Thema wechseln.«

»Oh . . .«

»Komm, wir schmücken weiter den Baum.« Dave ließ ihre Hände los und stand auf. »Ich schwöre dir – das ist der schönste Weihnachtsbaum in der ganzen Stadt!«

»Unser Weihnachtsbaum.«

»Ja«, erwiderte Dave und streckte die Hand nach ihr aus. »Es ist unser Baum, meine kleine Liz.«

5

Am späten Vormittag des nächsten Tages mußte Liz mit aller Macht den Drang unterdrücken, vor Frustration zu stöhnen. Dave saß hinter ihrem Schreibtisch in der Firma *Barton Property Management*. Neben ihm standen Steve und Liz' Vater, Sam. Liz saß auf einem Stuhl in der Nähe der Tür und kochte.

Wie konnten sie es wagen, in ihren Büchern zu schnüffeln und sie zu behandeln, als wäre sie Luft? Immerhin war sie für diese Arbeit hier verantwortlich! Für was hielten sich diese drei Kerle bloß? Sie selbst hatte dieses Buchführungssystem für die Firma entwickelt. Es war kompliziert und intelligent, o ja! Diese drei Möchtegerne da drüben an ihrem Schreibtisch befaßten sich gerade mit einem hochentwickelten, genialen System. Und es war ihres!

»Das erscheint mir alles einfach genug«, bemerkte Dave. »Die Miete wird direkt an dich überwiesen, du schickst dem Klienten die Abrechnung und einen Scheck abzüglich der Kommission und eventuell entstandener Reparatur- oder Unterhaltungskosten. Ja, ich habe schon eine ziemlich genaue Vorstellung davon, wie es sich machen läßt. Es ist alles nicht besonders kompliziert. Für einen Computer eine simple Angelegenheit . . . und leicht zu programmieren. Die Abrechnung verringert sich um die Hälfte der Zeit. Keine große Sache.«

Liz kreischte unvermittelt und sprang auf. Die drei Männer fuhren erschrocken zusammen und starrten sie an. »Jetzt reicht's!« Mit zusammengekniffenen Augen ging sie durch den Raum auf die drei Männer zu. »Niemand rührt meine Aufzeichnungen an, verstanden? Meine komplizierten Aufzeichnungen, die nach meinem eigenen System angefertigt wurden! Einem System, das ich extra für die Firma Barton entwickelt habe, weil ich genau weiß, wie alle hier lästigen Papierkram hassen! Ihr . . .« Sie funkelte erst ihren Vater und dann ihren Bruder aufgebracht an. »Ihr habt mir bis jetzt nur allzu gern die Verantwortung dafür überlassen. Und jetzt wollt ihr sie an diesen Mann delegieren, ohne mich vorher überhaupt gefragt zu haben!« Sie warf Dave einen finsteren Blick zu. »Einer von diesen kleinen reizenden Computern soll also meine Arbeit übernehmen! Ha!« Sie verschränkte die Arme vor der Brust und reckte das Kinn. »Nur über meine Leiche!«

Sam grinste. Er war eine ältere Ausgabe von Steve, mit dem gleichen Körperbau, der gleichen Größe und den gleichen blauen Augen. Sein dichtes, ehemals rötliches Haar war jetzt silbergrau.

»Nun, nun . . .« meinte er beschwichtigend. »Ich wußte ja gar nicht, wie temperamentvoll du sein kannst, Liebes. Du kannst ganz schön keifen, wenn du in Fahrt bist – genau wie deine Mutter.« Er schlug Dave auf den Rücken. »Wahrscheinlich mußte nur ein richtiger Mann wie Dave auftauchen, damit du wie eine echte Barton reagierst! Ich freue mich, daß es endlich soweit ist. Tatsächlich bin ich sehr glücklich darüber . . .«

»Liz, wo ist dein Problem?« erkundigte sich Steve, um zu verhindern, daß das Thema gewechselt wurde. »Der Computer erleichtert dir doch nur die Arbeit. Und erspart dir jeden Monat eine Menge Arbeitszeit. Ich dachte, daß du dich darüber freuen würdest. Du hast doch dann viel mehr Freizeit für . . .« Er warf Dave einen Seitenblick zu. »Für andere Dinge.«

»Mach nur alles noch schlimmer, Steve«, murmelte Dave.

»Raus aus meinem Büro!« Liz' Stimme klang leise und drohend. »Alle drei! Haut ab! Verschwindet! Löst euch in Nichts auf!« Sie wedelte mit den Händen in der Luft. »Ich meine es ernst. Verlaßt das Büro! Auf der Stelle!«

»Ja, nun . . .« Sam bewegte sich langsam um den Schreibtisch herum. »Vielleicht ist es ja schon Zeit zum Mittagessen. Komm, Steve, ich spendiere dir einen Hamburger. Deine Mutter ist außer Haus, deshalb müssen wir den telefonischen Anrufbeantworter einschalten. In der Zeit hat Dave Gelegenheit, Liz . . . Liz alles noch einmal zu erklären.«

»Ich bin schon weg!« bemerkte Steve und eilte zur Tür.

Dave erhob sich. »He, wartet mal!«

»Sie werden schon damit fertig, mein Junge«, meinte Sam, dann eilte er hinter Steve her aus der Tür.

Dave fuhr sich mit der Hand durchs Haar. »Du liebe Güte . . .« Er warf einen Blick auf Liz. Sie klopfte mit einem Fuß ungeduldig auf den Boden, und er wußte, daß sie ungeheuer zornig war. Und dabei so schön. Sie trug einen weichen hellen Sweater und einen kurzen, schwarzen Rock, der ihre wohlgeformten Beine sehen ließ. Ihre roten Locken waren zerzaust, und ihre Wangen vor Zorn gerötet. Liz sah einfach bezaubernd aus.

Wie habe ich nur die vergangene Nacht überlebt? fragte sich Dave. Wieso habe ich nicht die Beherrschung verloren und Liz auf dem Teppich vor dem Kamin vergewaltigt? Die Stunden, die sie zusammen verbracht hatten, waren zugleich der Himmel auf Erden und die Hölle gewesen . . . voll von quälender Begierde.

Der Weihnachtsbaum war wirklich ein Prachtexemplar! Man hätte ihn gut in einer Illustrierten für schöneres Wohnen abbilden können. Sie hatten gemeinsam die Girlanden angebracht. Dabei hatte sich für Dave der spezifische, verführerische Duft von Liz mit dem frischen Duft des Tannengrüns vermischt.

Und obwohl ihn das Verlangen nach Liz gequält hatte, hatte er doch einen nie gekannten inneren Frieden verspürt. Für Liz war das Schmücken des Weihnachtsbaumes Tradition – etwas, das sie jedes Jahr tat. Aber für Dave bedeutete es eine völlig neue Erfahrung. Und zu seiner Überraschung hatte es ihm außerordentlich gut gefallen.

Die endlosen Stunden, die er dann in der Nacht auf dem Sofa verbracht hatte, waren jedoch alles andere als ein Vergnügen gewesen. Er hatte Liz einen flüchtigen Gutenachtkuß auf die Stirn gegeben und nicht gewagt, sie dabei an sich zu ziehen. Sein Körper hatte sich in einem Zustand äußerster Erregung befunden.

Und heute morgen war Liz wieder dagewesen und auch der prachtvolle Weihnachtsbaum mit dem Engel auf der Spitze.

Dave zwang seine Gedanken zurück in die Realität. Er fragte sich, wie lange er wohl schon dagestanden und seinen Erinnerungen nachgehangen hatte. Er sollte sich auf die Tatsache konzentrieren, daß die männlichen Bartons ihn verlassen hatten und er allein mit dieser zornigen jungen Frau fertigwerden mußte.

»Liz«, begann er. »Ich weiß, daß du sehr wütend bist. Und ich nehme es dir nicht übel. Immerhin ist die ganze Sache von Anfang an schlecht geplant gewesen. Wir sind wie die Geheimpolizei in deine Domäne eingedrungen.

Wir alle müssen uns bei dir entschuldigen, Liz. Es tut mir leid.«

Sie sah ihn mit blitzenden Augen an. »Wag es ja nicht, mir gegenüber verständnisvoll und lieb und nett zu sein! Du brauchst mir auch keine freundlichen Worte zu sagen! Ich bin außer mir vor Wut! Und ich will es bleiben. Wenn du jetzt vorschlägst, daß ich mich beruhigen soll, verpasse ich dir einen Kinnhaken, McHugh! Das verspreche ich dir! Sei bloß nicht nett zu mir!«

Dave lachte.

Er hatte es nicht beabsichtigt, aber er konnte einfach nicht anders. Beim Anblick von Liz, die in ihrem Zorn ungemein attraktiv aussah, und deren Tirade jeglicher Logik entbehrte, brach Dave ganz unerwartet in Gelächter aus. Er lachte – nicht weil er sich über sie amüsierte, sondern eher aus Freude darüber, daß Liz Barton eine hundertprozentige Frau war.

Seine Frau. Für immer.

Für immer?

Sein Lachen erstarb. Was geschah mit ihm? War er tatsächlich im Begriff, sich in Liz zu verlieben? War er, genau wie Steve, der einen, der einzigen Frau begegnet, die seinem Leben eine andere Richtung geben würde?

»Du bist unmöglich«, meinte Liz nur, dann wandte sie sich ab und ging zur Tür.

»Warte!« Dave eilte um den Schreibtisch herum und hielt sie am Arm fest, bevor sie die Tür erreicht hatte. Er trat vor sie, um sie am Weitergehen zu hindern und legte die Hände auf ihre Schultern. »Ich habe nicht über dich gelacht, Liz.«

»So? Das ist aber merkwürdig. Wir beide sind doch die einzigen hier im Raum.«

»Sieh mal, ich mußte so lachen, weil . . .« Er schüttelte

den Kopf. »Nein, ich glaube, das führt jetzt zu nichts – Ich verstehe mich ja selbst nicht. Unterhalten wir uns lieber über diesen Computer, der deine Arbeit übernehmen soll. Es tut mir aufrichtig leid, daß die Angelegenheit so unglücklich in die Wege geleitet wurde, aber du kennst ja deine Familie. Wenn sie meint, daß sie eine gute Idee hat, rennt sie alles und jeden über den Haufen.«

Liz seufzte. Allmählich verschwand ihr Ärger, und sie fühlte sich nur noch erschöpft. »Und meine Familie kennt mich. Sie hat das Ganze wirklich geschickt eingefädelt. Wenn man vor deiner Ankunft mit mir über den Computer gesprochen hätte, hätte ich mit aller Macht versucht, ihr Vorhaben zu vereiteln. Veränderungen sind mir zuwider. Sie bringen mein Leben völlig aus dem Gleichgewicht. In meiner Kindheit war ich wohl zu vielen Unberechenbarkeiten ausgesetzt. Ich wußte nie, was für eine verrückte Idee meine Eltern gerade wieder ausheckten. Einmal ging mein Vater aus dem Haus und kam mit Unmengen von Camping-Artikeln wieder. Keiner von uns hatte jemals gezeltet, aber wir fuhren sofort los und probierten es aus. Es wurde eine Katastrophe. Das ist nur ein Beispiel von unzähligen anderen.«

»Ich verstehe. Aber hör mir jetzt mal einen Augenblick gut zu. Diesmal hat deine Familie eine durchaus vernünftige Idee gehabt. Die Buchführung, so wie du sie entwickelt hast, hat sich überlebt. Eure Firma ist einfach zu groß geworden, um das alles noch von Hand zu erledigen. Dein System kann ohne größeren Aufwand in einen Computer programmiert werden. Ich werde dir den Umgang mit dem Computer erklären, und du gewinnst eine Menge Freizeit. Nein, deine Familie hat wirklich nicht viel Feingefühl bewiesen. Aber grundsätzlich ist ihr Plan sehr vernünftig. Kämpf nicht dagegen an, Liz. Letztendlich bist du diejenige, die davon profitiert.«

Liz trat zurück und zwang ihn, die Hände von ihren Schultern zu nehmen. Sie ging zum Fenster und starrte auf die schneebedeckte Stadt.

Zum Teufel mit Dave McHugh, dachte sie. Er war nicht anders als die übrigen Bartons. Nur seine Methode, etwas durchzusetzen, war eine andere. Während ihre Familie rücksichtslos ihre Interessen vertrat, versuchte Dave es auf die sanfte Tour, indem er ihre Abwehr mit einschmeichelnden Worten unterlief . . . und mit tiefen, einfühlsamen Blicken! Und wieder einmal würde sie ergeben die Hände heben und sich der Mehrheit beugen. Ihr Leben, alle ihre Entscheidungen waren ihrer Kontrolle entrissen. Wieder einmal hatte sich das erwiesen.

Aber es gab einen verborgenen Bereich tief in ihrem Innersten, der nur ihr allein gehörte und von dem nur sie etwas wußte. Insgeheim hütete sie einen kostbaren Schatz – ihr Weihnachtsgeschenk – Dave McHugh.

Liz hob den Blick und sah ihn an. »Also gut, Dave, meine Arbeit übernimmt in Zukunft ein Computer. Ich habe diese Geräte nie gemocht, aber ich werde mein Bestes tun und eine gelehrige Schülerin sein.« Sie lächelte. »Ich stürze mich wirklich in ein Abenteuer! Liz Barton wird computerisiert! Wann fangen wir an?«

Irgend etwas ist hier grundlegend nicht in Ordnung, dachte Dave. Es sah so aus, als würde Liz gute Miene zum bösen Spiel machen. Anscheinend hatte sie die praktischen Gründe für die Anschaffung eines Computers verstanden und akzeptiert. Und trotzdem beunruhigte ihn ihr plötzlicher Stimmungsumschwung. Was ging wohl in ihrem hübschen Kopf vor?

»Ich muß mich zuerst einmal mit einer Computerfirma hier in Denver in Verbindung setzen, die mit meinem Unternehmen zusammenarbeitet«, erwiderte er. »Am liebsten würde ich das sofort tun – es sei denn, du möchtest zuerst mit mir zum Essen gehen.«

»Nein, mach nur. Ich hole mir ein Sandwich, wenn Dad und Steve zurück sind. Vergiß nicht, daß wir heute abend bei meinen Eltern zum alljährlichen Advents-Büfett eingeladen sind. Meine Mutter erledigt heute Weihnachtseinkäufe. Das Aufstellen des Büfetts hat sie einem Feinkostlieferanten überlassen. Ihrer Meinung nach sollte man sich nicht unnötig mit den Vorbereitungen für eine Party belasten, weil man dann zu müde sei, sie zu genießen. Deshalb erscheint sie erst, wenn alles fertig ist – wie ein Gast.«

»Hört sich gut an.«

»Ja. Aber mir hat es Spaß gemacht, die Vorbereitungen für Steve und Mandys Party selbst zu treffen. Nun, es ist ja auch egal. Wir brauchen uns nicht länger über einen weiteren Unterschied zwischen mir und meiner Familie zu unterhalten. Sollte ich nicht hier sein, wenn du zurückkommst, treffen wir uns in meiner Wohnung.«

Dave nickte. »Einverstanden. Nur, Liz, erklär mir bitte, warum du deine Meinung jetzt doch geändert hast, und das so schnell. Ich weiß nicht . . . aber du wirkst jetzt so furchtbar ruhig.« Er trat zu ihr und nahm ihr Gesicht in beide Hände. »Was ist los?«

»Hast du Angst, daß ich mich wieder hinter einer Fassade verstecke?« fragte sie und sah ihm in die Augen.

»Vielleicht.«

»Nein, das ist nicht so.« Sie lächelte. »Ich habe den Gedanken an den Computer wirklich akzeptiert.« Sie hatte ihn akzeptiert und dann aus ihren Gedanken verbannt, weil sie über wichtigere Dinge nachdenken mußte. Über die glitzernden Schneeflocken, den geschmückten Weihnachtsbaum und . . . Geschenke. Und über Dave. »Aber du darfst nicht von mir erwarten, daß ich den Umgang mit dem Computer in Rekordzeit erlerne.«

»Mach dir darüber mal keine Gedanken.« Dave brachte sein Gesicht ganz nah an ihres. »Ich bin ein guter Lehrer.«

Darauf gehe ich jede Wette ein, dachte Liz und spürte, wie sie erschauerte, als Dave sie auf die Lippen küßte. Sie schloß die Augen. Dave McHugh würde sie alles lehren – alles und jedes.

Ihr Kuß erregte sie beide aufs höchste.

Wann weiß man eigentlich, daß man verliebt ist? fragte sich Dave benommen. Wann endlich klärten sich all diese neuen und verwirrenden Gefühle? Was wäre, wenn er tatsächlich anfing, Liz zu lieben? Wollte er das eigentlich? Wollte er eine feste Beziehung zu einer Frau? Und was war mit Liz? Wie empfand sie ihm gegenüber? Was hatte es zu bedeuten, daß sie seinen Kuß zunehmend leidenschaftlich erwiderte?

Dave hob den Kopf und trat zurück. Seine Hände sanken hinab. Zögernd öffnete Liz die Augen und begegnete seinem Blick. Sie sah, wie er die dunklen Brauen zusammenzog.

»Du siehst nicht sehr glücklich aus«, stellte sie bedrückt fest. Als er sie nur schweigend anblickte, zog auch sie die Stirn kraus. »Dave?«

»Ich mag keine unbeantworteten Fragen, Liz«, erwiderte er, und seine Stimme klang ein wenig scharf. »Ich kann mit Tatsachen umgehen, egal, ob sie positiv oder negativ für mich sind. Solange ich nur weiß, womit ich es zu tun habe. Das habe ich schon als Kind gelernt. Damals konnte ich mir nie sicher sein, wann man mich wieder abschieben würde. Wenn ich wußte, woran ich war, konnte ich den Tatsachen ins Auge sehen und mich damit arrangieren.«

Liz nickte. Sie fragte sich, was Dave zu seinen Worten veranlaßt und was seinen plötzlichen Stimmungswechsel verursacht hatte. Männer sind schon sehr komplizierte Geschöpfe, entschied sie bei sich.

Dave starrte an die Decke, dann sah er Liz wieder in die Augen. »Warum siehst du mich so finster an?«

Sie zuckte die Schultern. »Du tust es umgekehrt doch auch. Zuerst hast du mich geküßt, dann hast du damit aufgehört und dich in einen Griesgram verwandelt.«

»Ja, zum Teufel!« entgegnete er unbeherrscht. »Ich weiß nicht, was zwischen uns geschieht, und das treibt mich in den Wahnsinn! Ich will endlich wissen, was los ist!«

»Da brauchst du mich aber nicht so böse anzusehen«, meinte Liz. »Ich weiß es doch auch nicht. Du tust gerade so, als wäre das Ganze ein Spiel – so wie Verstecken. Und als ob ich dich absichtlich daran hindere, zu gewinnen.«

»Dies hier ist ganz bestimmt kein Spiel«, brachte Dave gepreßt hervor.

Doch, ist es wohl, dachte Liz. Eine Art Spiel. Die Komödie, die sie für ihre Familie aufführten, war ein Spiel. Ihre Phantasie, Dave für zwei Wochen als Weihnachtsgeschenk in ihrer Wohnung zu haben, war auch nichts anderes als Spielerei. Wenn er sie verlassen und aus Denver verschwinden würde, konnte sie nur hoffen, daß er ihr Herz nicht in seinem Gepäck mitnahm.

»Liz, hörst du mir überhaupt zu?«

»Ja, natürlich. Ich weiß nur nicht, was ich dir sagen soll. Bestimmt findest du auf all deine Fragen eine Antwort. Eher gibst du ja doch keine Ruhe.«

»Geht es denn nicht um ›unsere‹ Antworten?«

»Nun . . .«

»Hast du nicht versprochen, dich nicht in dich zurückzuziehen, weil wir nur dann herausfinden können, was zwischen uns geschieht?«

»Dave, bitte, darüber haben wir doch schon geredet!«

»Liz, du magst keine Veränderungen, dir ist es nicht recht, wenn dein Leben eine andere Richtung nimmt. Sollten wir beide Klarheit darüber gewinnen, was zwischen uns geschieht – wie kann ich da sicher sein, daß du es auch akzeptierst?«

»Ich werde mich damit arrangieren, Dave«, entgegnete sie ruhig. Das hatte sie doch schon getan. Sie wußte nur noch nicht sicher, ob sie Dave liebte. Sie wußte es nicht und wollte es auch nicht wissen.

»Ja, dann . . . Ich gehe jetzt besser«, bemerkte er. »Dein Vater hat es sehr eilig mit der Anschaffung des Computers. Die Bartons erledigen immer alles am liebsten sofort.« Er schüttelte den Kopf. »Steve war schon so, als ich ihn kennenlernte. Dein Vater beweist, daß sich dieser Charakterzug nicht mit dem Alter verliert.«

»Ich weiß.« Liz seufzte. »Aber du umgibst dich doch bestimmt gern mit Leuten, die so sind.«

»Nicht immer. Es gibt auch Dinge, die man langsam angehen sollte. Wie zum Beispiel die Anschaffung dieses Computers. Sam Barton erwartet jedoch von mir, daß ich den bestmöglichen Computer zum günstigsten Preis herbeischaffe. Genau das werde ich auch tun, selbst wenn ich lieber zuerst die einzelnen Angebote schriftlich vorliegen hätte, um in Ruhe vergleichen zu können. Aber dein Vater ist der Boß, und deshalb stehen hier heute abend vor Ladenschluß ein Computer und ein Drucker. Auch wenn es nicht die Art und Weise ist, wie ich am liebsten meine Geschäfte abwickle.«

Liz sah ihn überrascht an. »Aber du bist Steve doch so ähnlich! Das, was du gerade gesagt hast, paßt so gar nicht in das Bild, das ich von dir habe.«

»Liz, wie Steve bin ich nur, wenn es um mich allein geht. Ganz allein um mich! Alles, was ich mit Steve unternommen habe, fällt unter diese Kategorie. Mein Unternehmen führe ich jedoch ganz anders. Ich habe Angestellte – die Leute müssen sich darauf verlassen können, daß ich meine Geschäfte vernünftig und verantwortungsvoll erledige, so daß auch ihre Zukunft abgesichert ist.«

»Oh, ich verstehe. Dabei habe ich immer geglaubt, daß du in all deinen Lebensbereichen wie ein Barton bist. Weißt du, so wie Steve, der entschieden hat, daß er mit Mandy auf Reisen geht, um neue Märkte zu erschließen – ohne es vorher richtig mit ihr abgesprochen zu haben.«

Dave schüttelte den Kopf. »Ich persönlich finde das nicht in Ordnung. Er hätte seine Entscheidung nicht allein treffen dürfen. Aber das geht mich eigentlich nichts an. Ich versichere dir – ich habe mich immer bemüht, so zu leben, daß ich mit meinen Aktionen niemandem schade. Sollte ich mich jemals fest an eine Frau binden . . . Genug jetzt!« Er küßte Liz flüchtig auf den Mund. »Bis später.«

»Bis später«, entgegnete Liz weich und sah ihm nach, als er das Büro verließ. Sie preßte die Fingerspitzen auf ihre plötzlich pochenden Schläfen.

Zum Teufel mit Dave, dachte sie. Er stürzte sie in zunehmend größere Verwirrung. Anscheinend gewährte er ihr jedesmal, wenn er auch nur den Mund aufmachte, einen neuen Einblick in seine Persönlichkeit.

Wenn er sich jemals fest binden sollte, hatte er gesagt. Nein, sie durfte nicht länger über diese Worte nachdenken! Und sie durfte ihnen auf keinen Fall zuviel Gewicht beimessen. Wahrscheinlich ging es Dave weniger um das, was zwischen ihnen ablief, als vielmehr darum, eine ungeklärte Situation in den Griff zu bekommen. Er war den Bartons immer noch viel ähnlicher, als sie es jemals sein würde. Das durfte sie nie vergessen.

Liz seufzte, dann wandte sie sich um und beobachtete die Schneeflocken, die draußen vor dem Fenster fielen.

Auf dem Parkplatz traf Dave mit Steve zusammen.

»Wo ist dein Vater?« erkundigte er sich und steckte die Hände tief in die Taschen seiner Lammfelljacke. Es war bitter kalt.

»Er hat ein paar Bekannte in dem Café getroffen, in dem wir zu Mittag gegessen haben. Sie sitzen da und reden sich die Köpfe heiß. Ist es dir gelungen, Liz von der Notwendigkeit des Computers zu überzeugen?«

»Ja. Ich fahre jetzt los und sehe mich nach dem bestmöglichen System um.«

Steve legte die Hand auf den Arm seines Freundes. »Ich wußte es doch – du verstehst es, mit Liz umzugehen! Manchmal bringt sie mich mit ihrer Sturheit fast um den Verstand.«

»Aber du hättest die Angelegenheit wirklich vorher mit ihr besprechen müssen, Steve.«

»Was hätte das denn gebracht? Du hast doch selbst

ihre Reaktion erlebt. Wenn ich vorher mit ihr gesprochen hätte, hätte das nichts geändert. So ist es doch sehr gut gelaufen.« Steve zuckte die Schultern. »Aber ich komme immer noch nicht darüber hinweg, daß Dave McHugh sich in meine kleine Schwester verliebt hat! Das ist unvorstellbar . . . Aber vielleicht kannst du ihr beibringen, daß man das Leben leichter nehmen und mit der Zeit gehen sollte. Ich liebe Liz, wahrhaftig, aber sie ist so verdammt konservativ. Immer soll alles so bleiben, wie es war. Keine Veränderungen, keine Unordnung. Bei dir ist sie jedoch in den besten Händen!« Steve blickte in den Himmel und pfiff durch die Zähne. »Soviel Schnee! Vielleicht nehmen Mandy und ich uns ein paar Tage frei und fahren zum Skilaufen.«

»Aber die Woche hat doch gerade erst angefangen. Müßt ihr denn nicht arbeiten?«

Steve zuckte wieder die Schultern. »Das ist eben der Vorteil, wenn du in einem Familienbetrieb tätig bist. Wir alle nehmen uns frei, wann wir gerade Lust haben. Die anderen übernehmen dann für die Zeit unsere Arbeit. Liz ist die einzige, die streng nach Plan Ferien macht.«

»Ich auch.«

»Tatsächlich? Warum denn? Du bist doch dein eigener Chef. Du kannst doch machen, was du willst.«

»Nein, das kann ich nicht, weil . . . Vergiß es! Ich glaube kaum, daß du mich verstehst.« Dave hielt inne. Er zögerte. »Beantworte mir bitte eine Frage, Steve. Woher hast du gewußt, daß du Mandy liebst?«

»Genau daher, woher du weißt, daß du Liz liebst, nehme ich an.«

»Mach dich nicht über mich lustig. Sag's mir.«

»Nun, ich weiß nicht, Dave. Auf einmal habe ich festgestellt, daß ich kaum noch daran interessiert war, jemand anders als Mandy zu sehen. Ich fühlte mich ihr gegenüber so . . . so besitzergreifend. Kein anderer Mann durfte sie mehr ansehen. Sie war meine Freundin, und irgendwie hatte ich das Gefühl, daß ich sie beschützen müßte. Wenn ich mit ihr zusammen war, wollte ich sie nie mehr verlassen. Wenn ich von ihr getrennt war, habe ich die Stunden bis zu unserem Wiedersehen gezählt. Sie wurde ein Teil meines Lebens. Himmel, wie soll ich es dir nur erklären? Es ist so verdammt schwierig. Und alles, was ich sage, klingt irgendwie lächerlich.«

»Nein, überhaupt nicht«, erwiderte Dave ruhig. »Du hast dich also Mandy gegenüber besitzergreifend gefühlt . . . Du wolltest immer mit ihr zusammen sein und sie beschützen . . . Das ergibt einen Sinn.«

Steve grinste. »Was ist eigentlich los mit dir, Dave?«

»Ich muß nur etwas klären. Ich komme nachher nochmal bei dir vorbei, Steve.«

»Okay. Ich gehe jetzt ins Haus. Hier draußen ist es viel zu kalt – aber es ist großartiges Wetter zum Skilaufen. Bis später, Dave.«

Steve eilte ins Haus, während Dave langsam zu seinem Mietwagen ging.

Man fühlt sich allein nicht mehr so wohl, überlegte er. Man will nur noch mit ihr zusammen sein und möchte sie am liebsten nie mehr verlassen. Sie wird ein Teil deines Lebens. Gott, das war doch das, was er empfand. Wie sehr sehnte er sich doch danach, Liz zu lieben, eins mit ihr zu werden. Sie in seinen Armen zu halten und sie nie mehr loszulassen.

»Großer Gott«, murmelte er und öffnete die Wagentür. War das Liebe? Hatte er sich in Liz Barton verliebt? Dave schlüpfte hinter das Steuer, zog die Tür zu und schlug dann mit der flachen Hand auf das Lenkrad. »Zum Teufel, bin ich nun verliebt oder nicht? Warum weiß ich das nicht?«

Er biß die Zähne fest zusammen, ließ den Motor an und zwang sich dazu, seine Aufmerksamkeit auf die glatten, schneebedeckten Straßen der Stadt zu richten.

Abends um sieben stand Dave vor dem Weihnachtsbaum in Liz' Wohnzimmer und starrte auf die bunten Lichter. Er hatte Liz in ihrem Apartment getroffen, und sie hatte ihm den Vortritt ins Bad und ins Schlafzimmer gelassen, damit er sich als erster für die Party bei ihren Eltern anziehen konnte. Dave hatte sich geduscht und rasiert und dann ein weißes Hemd und einen dunklen, maßgeschneiderten Anzug angezogen. Zur Feier des Tages hatte er eine rote Seidenkrawatte umgebunden.

Diese Krawatte trug er jedes Jahr vor Weihnachten in seiner Firma. Damit erweckte er den Eindruck, daß auch er, wie alle anderen auch, in festlicher, erwartungsvoller Stimmung war. Niemand wußte, daß für ihn das Weihnachtsfest wie immer kommen und gehen würde, ohne daß Dave ihm auch nur die geringste Beachtung schenkte.

Dieses Jahr ist das anders, stellte er fest und strich mit der Hand über die Seidenkrawatte. Hier stand er – vor einem Weihnachtsbaum, den er zusammen mit Liz geschmückt hatte. Heute abend würde er zum alljährlichen Advents-Büfett der Bartons gehen – zusammen mit Liz. Während der ganzen Vorweihnachtszeit und der Festtage wäre er nicht allein – denn er würde mit Liz zusammen sein.

Sein Blick glitt zu dem Kamin, in dem jetzt kein Feuer

brannte. Nein, ich stelle mir auf keinen Fall jetzt vor, wie ich Liz vor dem offenen Feuer verführe, befahl er sich selbst. Allein der Gedanke daran bereitete ihm Höllenqualen. Sein ganzer Körper verspannte sich und schmerzte vor Verlangen.

Dave zwang sich, seinen Blick wieder auf den Baum zu richten. Er nickte zufrieden. Ja, er war wirklich perfekt. Liz hatte sich genau wie er viel Zeit genommen, jede Girlande sorgfältig nach Größe und Farbe geordnet anzubringen. Ein Mann wie Steve würde bestimmt die Dekoration wahllos anbringen und den ganzen Baum in einer Viertelstunde geschmückt haben. Dann würde er sich anderen Dingen zuwenden.

Seltsam, überlegte Dave. Die Bartons hielten ihn für einen der ihren. Sie glaubten, daß er besser in ihre Verhaltensmuster und in ihre Lebensphilosophie paßte als ihre geliebte Tochter Liz. Allmählich dämmerte ihm, daß seine Position irgendwo zwischen Liz disziplinierter Weltanschauung und der unbekümmerten Lebensweise der anderen Bartons lag. Er und Liz waren nicht völlig gegensätzlich. Hatte auch Liz das erkannt? Oder sah sie in ihm immer noch den Doppelgänger ihres Bruders?

Dave hörte, wie die Tür geöffnet wurde und wandte sich um. Liz trat gerade ins Wohnzimmer.

Bei ihrem Anblick zog Dave scharf den Atem ein. Sein Herzschlag beschleunigte sich, und er war unfähig, den Blick von Liz zu lösen.

Kleine Liz, dachte er. Kleine, süße Liz. Sie sah einfach bezaubernd aus in ihrem langen Kleid aus lindgrüner Seide. Der weiche Stoff fiel ihr bis auf die Füße und umschmeichelte ihre schlanke Gestalt. Ihre tiefroten Locken umrahmten ihr schmales Gesicht.

»Du bist der schönste Weihnachtsengel, den ich jemals gesehen habe«, sagte Dave gepreßt.

»Danke, Dave.« Sie lächelte ihm zu. »Du siehst auch sehr gut aus. Deine Krawatte gefällt mir. Wenn ich ein Weihnachtsengel bin, dann bist du . . . ein Weihnachtsgeschenk.«

Er grinste. »Traust du dich denn, mich auszupacken? Das macht man doch normalerweise mit Weihnachtsgeschenken, oder?«

»Allerdings.« Ihr Lächeln wurde ein wenig unsicher. Leider muß ich dieses Weihnachtsgeschenk wieder abgeben, dachte sie wehmütig. Doch dann zwang sie sich dazu, diesen unliebsamen Gedanken aus ihrem Kopf zu verbannen. Sie warf Dave einen verführerischen Augenaufschlag zu. »Ich werde beim Auspacken auch ganz vorsichtig sein, Mr. McHugh.«

Dave lachte. Ihm wurde heiß, weil sie so offen mit ihm flirtete. »Tun Sie das nur, Miß Barton.«

»So, wir ziehen jetzt besser unsere Mäntel an und gehen. Die Straßen sind glatt, und wir werden für die Fahrt zum Haus meiner Eltern länger als sonst brauchen. Ich hoffe, daß dir die Party gefällt, Dave. Es ist wirklich ein großes, festliches Ereignis.«

»Ich freue mich schon darauf, Liz. Alle Männer werden mich heute abend beneiden, weil ich mit dem schönsten Weihnachtsengel der Stadt zusammen bin. Ich hole unsere Mäntel.«

Und ich bin in Begleitung meines Weihnachtsgeschenks, Dave McHugh, dachte Liz und lächelte versonnen.

6

Dave hatte sich noch nie besondere Gedanken darüber gemacht, wie Steves Eltern wohl leben mochten. Auf die riesige, hell erleuchtete dreistöckige Villa, die er jetzt vor sich sah, war er jedoch nicht vorbereitet gewesen.

Das Haus stand ein Stück von der Straße entfernt. In der Auffahrt stand ein teurer Wagen hinter dem anderen. Beim Anblick der Villa mußte Dave unwillkürlich an ein Herrenhaus aus den Südstaaten denken, das man in das schneebedeckte Denver versetzt hatte.

»Was für ein nettes, kleines Häuschen.« Dave lachte.

Liz zuckte die Schultern. »Es ist auch der Einstellung meiner Eltern entsprungen, etwas zu tun, wenn man es für richtig hält. Der junge Mann in Livree da hinten kümmert sich um deinen Wagen.«

Als sie das Haus betreten hatten, erschienen sogleich uniformierte Dienstboten, um Liz und Dave die Mäntel abzunehmen. Die beiden wurden von einer strahlenden Jenny Barton begrüßt und in einen geräumigen Wohnraum geführt, der bereits voller Gäste war. In einer Ecke stand ein riesiger Weihnachtsbaum. Er war mit roten und grünen Girlanden und silbernen Lichtern geschmückt.

»Unser Baum gefällt mir besser«, flüsterte Dave Liz ins Ohr.

»Mir auch«, entgegnete sie lächelnd.

An einer Seite des Raumes war ein üppiges Büfett aufgebaut. Daneben hatte man eine Bar eingerichtet. Ein Barkeeper im Smoking kümmerte sich um die Drinks.

Aus dem angrenzenden Eßzimmer hatte man alle Möbel geräumt, und eine fünfköpfige Band spielte Tanzmusik.

Alles wirkte sehr festlich, und die vielen Gäste lachten und plauderten fröhlich miteinander. Steve und Mandy begrüßten Liz und Dave kurz, um gleich darauf in der Menge zu verschwinden. Liz führte Dave zum Büfett. Unterwegs wurden sie immer wieder von Leuten angehalten, die Liz begrüßen wollten. Sie stellte Dave all ihren Bekannten vor, und dieser gab es schon bald auf, sich alle Namen zu merken.

Sie aßen im Stehen, während sie ihre Teller durch die Menge der Gäste balancierten, und waren nur allzu froh, als sie die Teller einem Kellner überreichen konnten, der gerade neben ihnen auftauchte, als sie mit dem Essen fertig waren.

Als Liz einen tiefen Seufzer ausstieß, sah Dave sie fragend an. »Ja?«

»Ich hasse diese Veranstaltung. Jedes Jahr nehme ich mir vor, irgendeine schreckliche Krankheit vorzutäuschen, damit ich nicht kommen muß. Aber letztendlich traue ich mich doch nicht und gehe hin.«

Dave lachte. »Das kann ich gut verstehen, Liz. Ich habe mich auch gerade gefragt, wann ich dir endlich vorschlagen kann, von hier zu verschwinden, ohne deine Gefühle zu verletzen.«

Überrascht riß sie die Augen auf. »Du? Aber . . . Steve liebt dieses Fest. Er gehört immer zu den letzten Gästen. Ich erinnere mich gut daran, wie er meinem Vater erzählt hat, daß ihr beiden keine Party in San Diego versäumt habt, als ihr bei der Marine wart.«

»Komm.« Dave nahm ihren Arm. »Laß uns tanzen.«

»Aber . . .«

»Pst . . .«

Sie bahnten sich einen Weg durch die Menge zu der schummrig beleuchteten Tanzfläche. Die Band spielte gerade einen langsamen Walzer.

Dave nahm Liz in die Arme. Wie weich und anschmiegsam sie sich anfühlte! Ihr Kleid hatte einen tiefen Rückenausschnitt und enthüllte viel nackte Haut. Dave strich sacht darüber und hätte beinahe vor Erregung aufgestöhnt. Sag irgendwas, befahl er sich selbst. Sag etwas, bevor du sie hier, mitten auf der Tanzfläche vergewaltigst.

»Liz . . .« Er schob sie ein wenig von sich, so daß er sie ansehen konnte. »Ich möchte, daß du mir zuhörst.«

»Worum geht es denn?«

»Ich bin nicht Steve. Als ich bei der Marine war, war ich fünfundzwanzig. Ja, ich führe in San Francisco ein geselliges Leben, aber ich bin nicht der Partylöwe, für den du mich hältst. Ich lasse auch nicht einfach alles stehen und liegen und fahre zum Skilaufen oder zum Segeln oder was auch immer, denn ich habe ein Unternehmen, für das ich verantwortlich bin. Ja, ich bin offen für Veränderungen, lasse mich auf alles ein, wohin das Leben mich auch führen mag. Steve ist mein bester Freund. Wir haben vieles Gemeinsame und wir sind zusammen durch dick und dünn gegangen. Aber, Liz, ich bin nicht sein Doppelgänger. Und auch kein Barton. Ich bin ich, Dave McHugh, und sonst nichts. Und es wird höchste Zeit, daß du das einmal begreifst!«

»Aber . . .«

»Nein, sag jetzt nichts. Denk mal über meine Worte nach.« Er zog sie wieder eng an sich und bewegte sich mit ihr im sanften Rhythmus der Musik.

Wie kam er dazu, so über sie zu bestimmen? Liz preßte die Lippen zusammen. Erst hielt er ihr eine kleine überraschende Ansprache, dann ließ er nicht einmal zu, daß sie etwas darauf erwiderte. Nicht, daß sie gewußt hätte, was sie dazu hätte sagen sollen . . . Liz hatte ihn immer für einen Mann mit allen typischen Persönlichkeitsmerkmalen der Bartons gehalten. Jetzt stürzte er sie mit der Behauptung, daß er kein Doppelgänger von Steve sei, in größte Verwirrung. Anscheinend wollte Dave ihr zu verstehen geben, daß er nur einige der Charaktereigenschaften der Bartons besaß. Bedeutete das etwa, daß er womöglich ihre eigenen Vorstellungen vom Leben verstand – oder sogar teilte?

Dave zog Liz enger an sich, damit sie nicht mit einem anderen Paar zusammenstießen. Ihre Brüste wurden gegen seinen Oberkörper gepreßt, und es gelang Liz nicht mehr, ihre Gedankengänge weiter zu verfolgen.

Ich werde später über alles nachdenken, entschied sie. Ihr Verstand weigerte sich im Augenblick zu funktionieren. Liz war sich nur all ihrer angespannten Sinne bewußt und dem Verlangen, das tief in ihrem Innersten brannte. In Daves Armen fühlte sie sich wie in einem schützenden Kokon. Ihr Körper schien mit Daves zu verschmelzen, und die Band schien einzig und allein für sie beide zu spielen. Ja, Liz würde später über alles nachdenken. Im Augenblick wollte sie sich nur ihren Gefühlen hingeben.

Sie schmiegte sich enger an Dave.

Himmel hilf, dachte Dave und biß die Zähne zusammen. Es war keine so gute Idee gewesen, mit Liz zu tanzen. All seine Bemühungen, seinen erregten Körper unter Kontrolle zu bringen, waren umsonst. Das Blut pochte in den Schläfen. Und das Verlangen nach Liz brachte ihn fast um den Verstand.

Liz seufzte leise. Es war ein zufriedener, glücklicher Seufzer, und Dave verdrehte verzweifelt die Augen.

Denk an etwas anderes, McHugh, befahl er sich selbst. Er mußte sich unbedingt auf etwas anderes als auf die zierliche junge Frau in seinen Armen und das, was sie mit ihm anstellte, konzentrieren. Okay, er dachte an etwas anderes! Nein, er verging fast vor Sehnsucht nach Liz!

Die Band beendete den Walzer, um gleich darauf mit einem neuen träumerischen Song fortzufahren.

Ich sollte über meine großartige Rede nachdenken, entschied Dave. Darüber, daß ich Liz versichert habe, daß ich keine Barton-Kopie bin. Auf einmal war es für ihn von größter Wichtigkeit gewesen, daß Liz verstand, wer und was er war. Und auch, was er nicht war. Jetzt im Moment war es ihm allerdings völlig gleichgültig, ob sie ihn verstand. Er wußte nur, daß er explodieren würde, wenn sie nicht damit aufhörte, sich an seinem Körper zu reiben.

»Liz.« Seine Stimme klang heiser. »Laß uns von hier verschwinden.«

»Mm?« fragte sie verträumt. »Oh . . . Natürlich, Dave. Wenn du willst, fahren wir nach Hause.«

Nach Hause, dachte sie. Das klang verführerisch. Sie würde mit Dave nach Hause fahren, und sie würden hinter sich die Tür schließen.

Nach Hause mit Liz, überlegte Dave. Irgendwie hatte das einen guten Klang, oder? Zum Teufel, er wurde schon sentimental. Kein Wunder, daß er bisher die Festtage immer ignoriert hatte. Bei all dem rührseligen Getue unter dem Weihnachtsbaum und vor dem Kamin konnte man ja verrückt werden! Vor dem Kamin?! Schluß damit, McHugh! Auf keinen Fall würde er sich diese qualvolle Szenerie wieder ausmalen. Auf keinen Fall.

Liz und Dave brauchten etwas mehr als eine halbe Stunde, bis sie sich aus dem Haus der Bartons stehlen konnten. Um sich von Liz' Eltern zu verabschieden, mußten sie sich zuerst einen Weg durch die Menge der Gäste im Wohnzimmer bahnen. Endlich gelang es ihnen, hinaus in die Winternacht zu entfliehen.

Draußen schneite und stürmte es. Dave mußte sich auf das Autofahren konzentrieren. Die Straßen waren glatt, und der Scheibenwischer wurde kaum mit dem schweren, nassen Schnee fertig. Dave war gezwungen, sehr langsam zu fahren.

Liz saß schweigend neben ihm. Sie hing ihren eigenen Gedanken nach und nahm das Unwetter draußen kaum wahr.

Nach Hause, mit Dave. Diese Nacht, diese verzauberte Winternacht gehörte ihnen allein.

Liz wandte den Kopf, um Dave anzusehen. Er hatte sich über das Lenkrad gebeugt und starrte angestrengt durch die Windschutzscheibe auf die schneeglatte Fahrbahn. Bei seinem Anblick stieg eine tiefe Wärme in ihr auf. Ihr Blick glitt über seine Gestalt, und alles, was sie sah, erweckte eine unbestimmte Erwartung in ihr. Liz Blick blieb auf seinen Händen hängen, die das Steuer umklammert hielten.

Er hat wunderschöne Hände, stellte sie bei sich fest. Große, starke Hände. Diese Hände würden ihre nackte Haut zärtlich liebkosen. Diese Hände würden sie überall berühren und eine nie gekannte Leidenschaft in ihr erwecken.

Liz' Blick glitt über Daves Gesicht. Jeden Augenblick

erwartete sie, daß er sich zu ihr umdrehen und sie fragen würde, woran sie dachte. Als sie sich vorstellte, was sie ihm antworten würde, spürte sie, wie sich ihr Herzschlag beschleunigte.

Heute nacht würde sie mit Dave McHugh schlafen. Auf einmal war Liz ganz ruhig. Sie hatte ihre Entscheidung getroffen. Und sie würde sie nie bereuen. Wenn Dave sie verlassen hätte, würde ihr für immer die Erinnerung an diese wunderbare Nacht bleiben.

Liz holte tief Luft. Was wäre, wenn Dave sich aus unerfindlichen Loyalitätsgründen Steve und ihren Eltern gegenüber weigern würde, mit ihr zu schlafen?

Aber er begehrte sie. Da war sich Liz ganz sicher. Jedesmal, wenn er sie in die Arme genommen und geküßt hatte, hatte sie es gespürt. Und sie hatte ihn sogar mitten auf der überfüllten Tanzfläche im Haus ihrer Eltern aufs höchste erregt! Vielleicht war sie ja nicht besonders erfahren in Sachen Liebe – aber sie war auch nicht dumm.

Nein, entschied sie. Ich lasse nicht zu, daß Dave mir diese einmalige Nacht verweigert. Sie gehört uns.

»So.« Daves Stimme riß sie aus ihren Gedanken. »Wir sind da.« Er stellte den Motor ab. »Warte, ich helfe dir beim Aussteigen. Draußen ist es glatt. Ich will nicht, daß du im Schneematsch landest.«

Du liebe Güte, dachte Liz und mußte unwillkürlich lächeln. Ein durchnäßter Weihnachtsengel war wohl wirklich alles andere als verführerisch! Ihr Lächeln erstarb, als Dave aus dem Wagen stieg. Verführerisch? Wollte sie etwa Dave verführen? Wie verführte man denn einen so erfahrenen Mann wie Dave?

Dave öffnete ihr die Wagentür und streckte die Hand nach ihr aus. Vorsichtig gingen sie über die rutschige

Straße zum Haus. Sie waren beide froh, als sie in Liz' Apartment angelangt waren.

»Ich hänge unsere Mäntel ins Bad«, erklärte Dave.

»Gut.«

Sobald er das Zimmer verlassen hatte, zündete Liz die bunten Lichter am Weihnachtsbaum an. Dann knipste sie die Lampe auf dem kleinen Tisch am Sofaende aus und hockte sich vor den Kamin, um das Papier unter den Holzscheiten zu entzünden. Als sie sich wieder erhob, trat Dave gerade ins Zimmer. Wie angewurzelt blieb er stehen.

»Was machst du da?« fragte er.

»Ich zünde ein Feuer im Kamin an.«

»Im Kamin?«

Liz runzelte die Stirn. »Wo denn sonst?«

»Was ist mit der Lampe?« Dave zerrte nervös an seiner roten Krawatte. »Soll ich die Glühbirne auswechseln?«

»Nein, ich habe sie ausgemacht. Ich dachte, daß der Baum dann besser zur Geltung kommt.« Bildete sie sich das nur ein, oder war Dave wirklich angespannt? »Findest du nicht auch?«

»Ja, natürlich.« Er nickte. Liz zog die Schuhe aus. »Und was machst du jetzt?«

»Ich habe mir die Schuhe ausgezogen. Sie sind neu und drücken ein wenig. Möchtest du einen Cognac?«

»Das ist eine gute Idee. Ein Drink. Ich gieße uns beiden noch einen Schlummertrunk ein, dann gehen wir schlafen. Okay? Okay!« Dave wandte sich rasch ab und ging in die Küche.

Irgend etwas läuft hier schief, überlegte Liz. Offenbar hatte Dave die Absicht, ihr noch einen letzten Drink zu bringen, ihr dann wie einem kleinen Mädchen den Kopf zu tätscheln und sie ins Bett zu schicken. Allein! Aber da spielte sie nicht mit!

Sie trat an die Stereoanlage und legte eine Platte mit romantischer, leiser Musik auf. Dann setzte sie sich rasch mitten aufs Sofa. Gleichgültig, auf welche Seite sich Dave setzte – er würde ihr auf jeden Fall nahekommen.

»So. Hier ist dein Drink.« Dave kam zurück, reichte ihr einen Cognacschwenker und blieb stehen, statt sich zu setzen. »Auf dein Wohl.« Er hob sein Glas und trank einen Schluck von der bernsteinfarbenen Flüssigkeit.

Liz klopfte einladend auf das Polster zu ihrer Rechten. »Willst du dich nicht setzen, Dave? Das Feuer brennt schon.«

Das Feuer im Kamin, dachte er. Dieses Feuer und die damit für ihn verbundenen Vorstellungen . . . Schon begann sein ganzer Körper vor Verlangen nach Liz zu schmerzen. Nun, auch damit würde er fertigwerden. Er würde jetzt schnell den Cognac austrinken und Liz ins Bett schicken. Sobald wie möglich. Dann würde er in qualvoller Stille allein vor diesem verdammten Kamin sitzen.

»Dave?«

»Ja? Ach so.« Zögernd setzte er sich neben Liz und achtete dabei darauf, daß er nicht ihr Bein streifte. »Es ist wirklich schön warm.« Er stellte sein Glas auf dem Tisch ab, stand wieder auf, zog das Jackett aus und warf es über eine Stuhllehne. Dann setzte er sich wieder steif neben Liz auf das Sofa. »So ist es besser.«

Er hört sich an wie ein Roboter, dachte Liz. Seine Worte klangen wie programmiert. Wie verführerisch bin ich eigentlich? überlegte sie. Seit sie in der Wohnung waren, hatte Dave sie nicht einmal angefaßt.

Sehnte er sich denn nicht genauso nach ihr wie sie sich nach ihm?

»Du liebe Güte!« Unwillkürlich entfuhr ihr ein tiefer Seufzer.

Dave runzelte die Stirn. Er nahm ihr den Cognacschwenker ab und stellte ihn auf den Tisch. Dann legte er ihr den Arm um die Schultern.

»Was ist los, Liz?« erkundigte er sich ruhig. »Du wirkst auf einmal so traurig.«

Sie drehte den Kopf und sah ihm tief in die Augen. Ja, da war es. In der Tiefe seiner dunklen Augen erkannte Liz sein Verlangen. Dave McHugh begehrte sie. Aber Dave McHugh wollte auch eine Antwort auf all die quälenden Fragen nach dem, was zwischen ihnen geschah.

Bitte, Dave, keine Fragen und keine Antworten heute nacht, bat sie insgeheim. Nicht in dieser verzauberten Nacht. Heute war sie seine kleine Liz – sein Weihnachtsengel. Und er war ihr Weihnachtsgeschenk. Nichts sonst zählte.

»Liz?«

»Würdest du . . . würdest du mich bitte küssen, Dave?« Ihre Stimme zitterte.

Großer Gott! Dave unterdrückte ein Stöhnen. Er konnte sie unmöglich küssen. Wenn er sie küßte, würde er auf der Stelle die Beherrschung verlieren! Wie sehr er diese Frau begehrte! Aber es war Liz, die kleine unschuldige Liz. Nein, er konnte sie nicht küssen. Nicht heute abend.

Liz rückte ein wenig näher an ihn heran und strich mit den Händen sanft über seine Brust. Unter ihren Fingern spürte sie Daves Anspannung. Sie hob die Arme und legte sie um seinen Hals. Auf einmal fühlte sie sich sehr mutig.

Sie brachte ihr Gesicht ganz nah an seins und strich mit den Lippen hauchzart über seinen Mund.

»Liz, du verstehst das nicht . . .« Daves Stimme klang heiser. »Ich kann dich nicht küssen, weil . . . Himmel! Liz, hör mir doch zu!« Sein Körper schmerzte vor Anspannung. Seine Haut brannte wie im Fieber. »Hör mir zu, bitte!«

»Nein. Diesmal hörst du mir zu«, entgegnete sie an seinem Mund. »Heute abend gibt es nichts auf der Welt außer uns beiden. Wir beide, hier allein mit unserem wunderschönen Weihnachtsbaum und dem Kaminfeuer. Diese Nacht gehört ganz allein uns.« Bebend holte sie Luft. »Ich will dich, Dave McHugh. Ich will mit dir schlafen. Und ich verspreche dir, daß ich es nie bereue. Wenn du mich allerdings nicht willst, werde ich das auch akzeptieren.«

»Oh, Liz!« Dave stöhnte tief auf, dann preßten sich seine Lippen wild auf ihren Mund. Er nahm sie in die Arme, und seine Zunge glitt tief zwischen ihre Lippen. Seine Hände strichen über ihren Rücken. Wie weich sich ihre nackte Haut anfühlte.

Nein, McHugh! befahl er sich selbst. Warum tat Liz das alles? Angestrengt bemühte er sich, über das, was sie gesagt hatte, nachzudenken.

Sie wollte, daß er sie liebte. Hier vor dem Kamin. Er hatte sie nicht verführt. Sie war von sich aus auf ihn zugekommen. Als eine erwachsene Frau, die wußte, was sie wollte.

Seine Frau.

Seine kleine Liz.

Ein leiser glücklicher Seufzer entrang sich ihren Lippen, und Dave war verloren.

Er hob den Kopf und holte tief Luft. Dann küßte er sie

wieder auf die Lippen. Seine Finger fanden den Reißverschluß an ihrem Kleid. Langsam öffnete er ihn. Dann löste er sich ein wenig von ihr und sah ihr in die Augen. Ruhig erwiderte Liz seinen Blick. Ihre Augen schimmerten dunkel vor Verlangen. Ihre Lippen waren weich und feucht und verführerisch.

Dave begehrte Liz, wie er noch nie im Leben eine Frau begehrt hatte.

Als Liz in seine Augen sah, lächelte sie glücklich. O ja, es war gut so. Eine tiefe Wärme breitete sich in ihr aus. Sie wollte nichts anderes, als Daves Körper spüren und sich seinen Zärtlichkeiten hingeben. Danach würde es kein Bedauern geben und keine Tränen – nur Erinnerungen, kostbare Erinnerungen.

Sie löste die Arme von seinem Nacken, und Dave streifte ihr das Seidenkleid von den Schultern. Liz hob die Hände und knöpfte langsam Daves Hemd auf. Beim Anblick seines gebräunten Oberkörpers seufzte sie leise auf. Sie strich mit den Fingern durch die Haare auf seiner Brust, dann beugte sie sich vor und küßte seine nackte Haut.

Ihre Brüste waren schwer und schmerzten vor Sehnsucht nach Daves Liebkosungen. Als ob er ihre geheimsten Gedanken erraten hätte, umfaßte Dave sanft ihre Brüste und streichelte mit dem Daumen die Brustwarzen. Augenblicklich richteten sie sich vor Erregung auf.

»Deine Haut ist weich wie Seide, Liz. So weich . . .«, murmelte er. »Du bist so schön, Liz.«

Erschauernd schloß Liz die Augen.

Dave umfaßte ihre Taille, und im nächsten Augenblick lag sie auf ihm. Er umfaßte ihr Gesicht mit beiden Händen, so daß er ihr tief in die Augen sehen konnte. Dann küßte er sie zärtlich auf den Mund. Seine Hände spielten mit ihrem seidigen Haar und glitten dann tiefer über ihren nackten Rücken. Unter sich spürte Liz seinen angespannten, erregten Körper. Nie gekannte Empfindungen durchströmten sie. Sie hob langsam den Kopf und begegnete seinem Blick. »Dave«, flüsterte sie. »Ich . . . ich will dich.«

»Bist du dir ganz sicher? Bitte, Liz, sag's mir noch einmal. Sag mir, daß du dir sicher bist. Mir kommt es vor, als wäre es eine Ewigkeit her, seit ich dir erklärt habe, daß du ganz allein die Entscheidung treffen mußt. Ich habe dich vom ersten Augenblick an begehrt, seit ich dich gesehen habe. Aber es ist so verdammt wichtig für uns beide, daß du dir sicher bist. Ich muß es einfach noch einmal hören. Wirst du es nicht bedauern, daß wir . . . ich meine . . . Zum Teufel, ich weigere mich, es auszusprechen. Ich sage jetzt nicht, daß wir ›es‹ getan haben! Ich hasse diesen Ausdruck.«

Liz lächelte. »Dann sage ich ›es‹ auch nicht mehr.« Ihr Lächeln erstarb. »O ja, Dave, ich bin mir ganz sicher über das, was ich . . . was wir tun. Ich möchte jetzt auf nichts anderes als mein Herz und meine Gefühle hören. Ich will mit dir schlafen, Dave. Und ich verspreche dir, daß ich es nicht bedauern werde. Dies ist unsere Nacht . . . ganz allein unsere Nacht.«

Wieder zog er sie an sich und küßte sie. Dann schob er sie sanft von sich, hob sie hoch und stellte sie auf die Füße. Liz taumelte leicht. Das Kleid glitt zu Boden, und sie stand da vor dem flackernden Kaminfeuer – nur bekleidet mit einem Seidenslip.

»Du bist so schön . . .« Daves Stimme klang rauh.

Rasch entkleidete er sich und warf seine Sachen aufs Sofa.

Auch du bist schön, Dave, dachte Liz verträumt. Dave

McHugh war einfach unbeschreiblich attraktiv. Der rote Feuerschein warf ein flackerndes Licht auf seinen athletischen, muskulösen Körper.

Liz trat einen Schritt auf ihn zu. Sie schlang die Arme um seinen Hals und schmiegte sich eng an ihn. Ihre Brüste preßten sich gegen seinen Oberkörper, während Daves Hände über ihren Rücken hinunter zu ihrem Slip glitten. Er küßte sie fordernd und mit zunehmender Leidenschaft.

Langsam, McHugh! befahl er sich dann selbst. Die Frau in seinen Armen war Liz, die kleine unschuldige Liz, die ihm rückhaltlos vertraute und ihm das Kostbarste anbot, das sie zu verschenken hatte. Er durfte sie nicht verängstigen – und er wollte ihr auch nicht weh tun. Sie fühlte sich so klein und zerbrechlich an in seinen Armen. Nie zuvor war ihm seine eigene Kraft so bewußt gewesen wie in diesem Augenblick. Aber er mußte sich zügeln. Diese Nacht würde anders sein als alle Nächte, die er bisher erlebt hatte. Er würde Liz so zärtlich und behutsam in die Liebe einführen, wie sie es verdiente.

Dave löste seine Lippen von ihren und ließ sich auf die Knie sinken. Ganz langsam streifte er Liz den Seidenslip über die schlanken Beine. Als er die seidige Haut ihrer Schenkel berührte, erschauerte er.

»Ich kann dir gar nicht sagen, wie schön du für mich bist, Liz. Und wieviel mir diese Nacht mit dir bedeutet. Ich möchte, daß du sie genießt, aber das erste Mal ist für eine Frau nicht immer so . . .« Er räusperte sich. »Ich versuche dir zu sagen, daß du mir vertrauen sollst . . . Es wird dir gefallen, aber . . . Du liebe Güte, wie soll ich es dir nur begreiflich machen?!«

Liz lächelte weich. »Ich verstehe dich, Dave. Und ich

vertraue dir. Das weißt du auch.« Sie streckte die Hand nach ihm aus. »Komm zu mir.«

Dave wurde die Kehle eng. Er brachte kein Wort heraus. Er blickte auf Liz' ausgestreckte kleine Hand und dann in ihre Augen. In ihrem Blick lagen all die Zuneigung und Zärtlichkeit, die sie für ihn empfand.

Langam ergriff er Liz' Hand. Auf einmal kannte er die Antwort auf all seine Fragen.

Er liebte Liz.

»Großer Gott«, flüsterte er heiser. Er richtete sich auf und zog sie an sich. Immer noch hielt er ihre Hand in seiner. Er vergrub sein Gesicht in ihrem weichen, duftenden Haar und hielt sie fest, hielt sie einfach nur fest. Ein tiefer Frieden durchströmte ihn.

Er liebte sie. Er, Dave McHugh, liebte Liz Barton. Wollte er das eigentlich? Wollte er dieses Gefühl, über das er keine Kontrolle mehr hatte, und gegen das er sich nicht wehren konnte? Dave wußte es nicht. Aber er würde jetzt nicht darüber nachdenken. Er liebte Liz. Und er würde mit ihr schlafen.

Dave hob den Kopf. »Hier, vor dem Feuer . . . Ich will dich hier vor dem Kamin lieben. Ich hole die Decke von deinem Bett, okay? Schon lange habe ich davon geträumt, dich vor dem Kaminfeuer zu lieben.«

Liz sah ihm liebevoll lächelnd in die Augen und nickte.

»Beweg dich nicht von der Stelle.« Er wandte sich ab und eilte ins Schlafzimmer.

Ich soll mich nicht bewegen? dachte sie. Ich kann doch kaum atmen, und meine Beine zittern so, daß ich keinen Schritt zu gehen wage. Oh, wie sehr sehnte sie sich nach Dave! Diese wunderbare Nacht hatte nichts mehr mit der Realität zu tun. Es gab nichts mehr auf der Welt außer ihnen beiden – Liz und Dave. Was danach sein würde, daran wollte Liz nicht denken, nicht jetzt.

Dave kehrte zurück und breitete die weiche Decke vor dem knisternden Feuer aus. Dann nahm er Liz in die Arme. Er küßte sie lange und zärtlich, bevor er sie sanft auf die Decke legte und sich neben ihr ausstreckte.

Der flackernde Feuerschein tanzte über ihre nackten Körper.

Dave legte eine Hand auf Liz Bauch und beugte sich über sie, um sie auf den Mund zu küssen. Seine Lippen glitten tiefer zu ihren Brüsten. Mit der Zungenspitze umspielte er ihre Brustwarzen, bis sie sich vor Erregung aufgerichtet hatten. Liz stöhnte leise vor Lust.

Langsam, laß dir Zeit, McHugh, befahl Dave sich selbst.

Komm, Dave, bitte, flehte Liz stumm. Ich sehne mich so nach dir!

Daves Hände liebkosten ihren Körper. Als seine Finger ihre intimste Stelle berührten, zog Liz scharf den Atem ein. Ihr Körper spannte sich. Eine nie gekannte Erregung überkam sie. Sie glaubte, vor Verlangen zu vergehen.

»Ja, Dave«, flüsterte sie. »Ja . . .«

Ihre Finger umklammerten seine Schultern. Als Dave fortfuhr, mit seinen Lippen und seinen Händen ihren Körper zu erforschen, warf sie keuchend den Kopf von einer Seite zur anderen. Dave sollte zu ihr kommen – jetzt!

»Dave, bitte . . .« Sie schluchzte leise auf.

Dave rollte sich auf sie, stützte sich auf die Ellbogen und bedeckte ihr Gesicht mit unzähligen Küssen.

Noch nicht, McHugh, befahl er sich immer noch mit zusammengebissenen Zähnen.

Jetzt, Dave, jetzt, flehte Liz insgeheim. »Bitte,

Dave . . .« Liz spreizte die Beine und hob ihm ihr Becken entgegen. Daves Selbstbeherrschung brach zusammen.

Behutsam drang er in sie ein. Dabei beobachtete er Liz' Gesicht, ob es irgendein Anzeichen von Unbehagen oder Schmerz zeigte. Aber Liz hielt die Augen geschlossen und atmete in kurzen, unregelmäßigen Zügen. Als er tiefer in sie eindrang, zog sie scharf den Atem ein, und dann stöhnte sie leise auf vor Lust. Sie öffnete die Augen und sah ihn an. Sie waren eins.

Der Schmerz war nur kurz gewesen – und bedeutungslos. Jetzt war es nur noch unbeschreiblich schön und erregend, Dave ganz in sich zu spüren.

Vorsichtig bewegte er sich in ihr. Schon bald paßte Liz sich seinem Rhythmus an, der zunehmend leidenschaftlicher wurde. Sie hatte das Gefühl, vor Erregung zu vergehen. Wie eine Ertrinkende klammerte sie sich an Daves Schultern. Auf einmal spürte sie, wie sie wieder und wieder vor Lust erschauerte. »Dave!« Sie schrie leise auf. Dann umschlang sie ihn fest mit ihren Beinen und preßte ihn an sich.

Dave stöhnte tief auf. »Liz! Meine kleine Liz . . .«

Gemeinsam erreichten sie einen nie gekannten Gipfel der Ekstase.

Nur langsam kehrten sie in die Wirklichkeit zurück.

»Oh, Dave«, flüsterte Liz. »Es war so schön . . . so unbeschreiblich schön . . . Danke. Das war das schönste Weihnachtsgeschenk, das ich jemals bekommen habe.«

Dave küßte sie zärtlich auf die Stirn. »Glaub mir, es war auch für mich etwas ganz Besonderes.« Und er liebte sie. Nein, daran wollte er jetzt nicht denken. Jetzt nicht. Er bewegte sich auf ihr. »Ich bin zu schwer für dich.«

»Nein, nein – geh nicht weg. Ich spüre dich noch in mir. Du sollst mich nicht verlassen.«

Er lächelte. »Gönn deinem Körper eine kleine Erholungspause.« Er löste sich zögernd von ihr und rollte sich neben sie. »Eigentlich könnten wir auch ins Bett gehen.«

»Später«, murmelte Liz und schmiegte sich an ihn. »Hier vor dem Feuer ist es so gemütlich.«

Dave küßte sie liebevoll auf die Lippen. »Tut es dir nicht leid, Liz?«

»Nein, natürlich nicht.« Ihre Lider wurden schwer. »Mmm . . .«

Wie sehr ich sie liebe, stellte Dave fest und betrachtete zärtlich ihr entspanntes Gesicht.

Und dann fielen sie beide vor dem Kaminfeuer und den bunten Lichtern des Weihnachtsbaumes in tiefen Schlaf.

7

Die folgenden Tage vergingen wie im Flug.

Im Büro führte Dave Liz in die Arbeit mit dem Computer ein. Wie er versprochen hatte, war er ein geduldiger Lehrer. Und Liz war – wie sie es versprochen hatte – eine gelehrige Schülerin. Aber es gab eine Menge für sie zu lernen – und ab und zu machte sie Fehler.

»Er hat sie verschluckt!« Liz hieb mit der Handfläche auf den Computer. »Au! Das hat weh getan! Dave, hast du das gesehen? Da habe ich eine ganze Stunde lang Rechnungsdaten eingegeben, und jetzt sind sie einfach nicht mehr da! Dieser dumme Computer hat sie einfach verschluckt!«

Dave bemühte sich, sein Lachen zu unterdrücken, aber es gelang ihm nicht. »Das passiert jedem einmal, Liz. Früher oder später. Du hast den falschen Code eingetippt, das ist alles.«

»Das ist alles? Immerhin setze ich seit einer geschlagenen Stunde meine ganze Intelligenz für diesen Computer ein!«

»Ich weiß, ich weiß. Geh und besorg uns ein Sandwich zum Mittagessen. Ich füttere in der Zwischenzeit den Computer noch einmal mit deinen Daten.«

»In Ordnung.« Liz schnaubte verächtlich. »Aber dieses . . . dieses Monster brauchst du nicht zu füttern. Es hat schon meine ganze Arbeit gefressen!«

Daves Lachen begleitete sie, als sie hocherhobenen Hauptes das Büro verließ.

Die Abende verbrachten sie entweder mit Steve und Mandy oder bei Liz' Freunden auf fröhlichen Vorweihnachtspartys. Es gab nur wenige Abende, an denen sie Zeit und Ruhe zu Gesprächen, zum Lesen oder zum Fernsehen in Liz' Apartment fanden. Liz und Dave teilten sich die Hausarbeit und die Zubereitung der Mahlzeiten.

Und sie teilten die Nächte miteinander. Nachts liebten sie sich in Liz' großem Bett oder vor dem offenen Kamin. Es waren Nächte voller Ekstase, in denen sie sich leidenschaftlich umarmten. Manchmal liebten sie sich sanft und zärtlich, manchmal voll wilder, drängender Leidenschaft. Ihr Verlangen nacheinander war unersättlich.

Am Abend vor Steve und Mandys Hochzeit saß Dave allein in Liz' Apartment. Es war der dreiundzwanzigste Dezember. Liz war zu Mandy gefahren, die eine Party für ihre Freundinnen und die Brautjungfern gab.

Vor ein paar Tagen hatte Dave mit Steve dessen Abschied vom Junggesellenleben gefeiert. Es war eine laute, lebhafte Party gewesen. Zu seinem eigenen Erstaunen hatte sich Dave nicht besonders wohl gefühlt. Der Lärm, das Gelächter, die schlüpfrigen Witze und die Unmengen an alkoholischen Getränken waren ihm eher zuwider gewesen. Selbst das spärlich bekleidete Mädchen, das als Höhepunkt des Abends aus einer überdimensionalen Torte gesprungen war, hatte Dave nicht begeistern können.

Jetzt saß er mit ausgestreckten Beinen auf dem Sofa und starrte stirnrunzelnd in die hellen Flammen des Kaminfeuers. Seine Zeit in Denver war viel zu schnell vorübergegangen. Ein Tag war dem anderen so schnell gefolgt, daß Dave kaum noch wußte, welcher Wochentag gerade war.

Er stand auf, um ein Scheit auf das Feuer zu legen, dann setzte er sich wieder auf das Sofa.

Die Tage und Nächte mit Liz waren einmalig und wunderschön gewesen. Er konnte mit ihr über alles und jedes reden, und es gab kein Thema, bei dem ihre Ansichten weit auseinander gegangen wären. Sie hatten zusammen viel Spaß gehabt, und sie hatten sich leidenschaftlich geliebt. Dave hatte das Gefühl, daß er Liz schon eine Ewigkeit kannte.

Und er liebte sie.

Mit jedem neuen Tag wuchs seine Liebe zu ihr.

Aber nicht ein einziges Mal während der ganzen Zeit, die sie zusammen waren, hatten Dave und Liz über ihre Gefühle oder über die Zukunft gesprochen.

Dave hatte sich eine Zeitlang mit der Frage gequält, ob er diese Frau, Liz Barton, wirklich lieben wollte. Die Antwort darauf hatte sich von allein ergeben. Immer, wenn er morgens neben Liz aufwachte, sie anblickte, ihr Lachen hörte, wußte er die Antwort. Er wußte sie, wenn er das Leben mit Liz mit seiner leeren, einsamen Existenz in San Francisco verglich. Und er wußte sie, wenn er ihren Weihnachtsbaum betrachtete und sich die zukünftigen Weihnachtsfeste ohne Liz vorstellte.

O ja, er liebte Liz. Und mehr noch – er wollte sie heiraten und den Rest seines Lebens mit ihr verbringen!

Warum habe ich ihr das alles nicht schon längst gesagt? fragte sich Dave. Die Antwort darauf war ganz einfach. Er hatte ihr noch nicht erklärt, daß er sie liebte, und sie noch nicht gefragt, ob sie ihn heiraten wollte, weil er sich vor dem, was sie darauf erwidern könnte, zu Tode fürchtete.

Liz nannte ihn immer noch ihr ›Weihnachtsgeschenk‹. Irgendwie schien sie ihn damit daran erinnern zu wollen, daß ihre gemeinsame Zeit nur begrenzt war.

»Zum Teufel«, murmelte Dave.

Er richtete sich auf und beugte sich vor, um gedankenverloren in die lodernden Flammen zu starren.

Viel zu oft erwähnte Liz, daß er ein besserer Barton sei als sie. Sie schien fest entschlossen zu sein, ihm ständig an ihre unterschiedlichen Charaktereigenschaften und Einstellungen zum Leben zu erinnern. Als er ihr erklärt hatte, daß er sich selbst irgendwo zwischen den Bartons und Liz einordnen würde, hatte sie ihn nur lange schweigend angesehen. Schließlich hatte sie den Kopf geschüttelt und das Thema gewechselt.

Dave stand auf und wanderte ruhelos durchs Zimmer. Wieder einmal quälten ihn Fragen über Fragen. Und ihm blieb kaum noch Zeit, die Antworten zu finden. Gleich nach den Festtagen mußte er nach San Francisco zurückkehren. Der Countdown lief, die Stunden, die ihm noch mit Liz verblieben, waren gezählt.

Genug jetzt, entschied Dave. Er würde Liz sagen, daß er sie liebte und sie bitten, ihn zu heiraten. Ja, das würde er tun. Noch heute abend.

In diesem Augenblick betrat Liz das Apartment, so, als hätte Daves Entscheidung sie heraufbeschworen.

»Hallo.« Sie zog ihren schneebedeckten Mantel aus. »Brr, ich bin ganz durchgefroren. Ich ziehe mich rasch um, dann komme ich zu dir an den Kamin.«

»Hattest du einen schönen Abend?« erkundigte er sich.

Liz war schon unterwegs in Richtung Schlafzimmer. Sie drehte sich noch einmal zu ihm um. »Es geht. Mandy hat viele schöne Geschenke bekommen. Aber ich habe mich im Kreis ihrer Freundinnen nicht so wohl gefühlt. Wir haben nicht viel gemeinsam. Wir hatten uns nicht allzu viel zu sagen.« Sie zuckte die Schultern. »Aber es macht nichts. Ich bin gleich zurück.«

Im Schlafzimmer zog Liz sich aus, streifte den Morgenmantel über und ging dann ins Bad, um sich vor dem Spiegel die Haare zu bürsten. Auf einmal ließ sie die Hand mit der Bürste sinken und starrte auf ihr Spiegelbild.

Seltsam, dachte sie. Immer, wenn sie in den Spiegel sah, erwartete sie, daß sie die Veränderungen, die mit ihr vorgegangen waren, in ihrem Gesicht ablesen konnte. Aber Liz sah nichts anderes als ihr vertrautes Spiegelbild – die Liz, die sie schon immer gewesen war.

Und doch wußte sie, daß sie sich grundlegend verändert hatte. Ihre Veränderung hatte in dem Augenblick begonnen, als sie mit diesem schrecklichen Kater aufgewacht war und Dave neben sich im Bett vorgefunden hatte. Von da an hatte sie eine ihr bis dahin unbekannte Welt betreten.

Liz brachte ihr Gesicht näher an den Spiegel heran. Nein, man sah ihr nichts an. Man sah ihr die Zärtlichkeit nicht an, die sie durchströmte, wenn sie Dave erblickte . . . wenn sie seine Stimme hörte – und sein Lachen. Man sah ihr weder ihr Verlangen nach ihm an, noch die tiefe Zufriedenheit, wenn sie sich geliebt hatten.

Und man sah ihr nicht an, daß sie Dave McHugh von ganzem Herzen liebte.

Liz preßte die Fingerspitzen auf die Lippen und holte bebend Luft. Sie zwang sich, nicht in Tränen auszubrechen.

Wann genau hatte sie sich in Dave verliebt? Sie wußte es nicht mehr, und es spielte auch keine Rolle. Es war einfach eine Tatsache, die sie nicht länger ignorieren konnte – Es war geschehen, sie hatte sich in Dave verliebt.

Und ihr würde das Herz brechen, wenn er sie verlassen würde.

Reiß dich zusammen, Liz, befahl sie sich selbst. Dave war nichts anderes als ein kostbares Geschenk, das ihr nur für begrenzte Zeit gehörte. Sie hatte von Anfang an genau gewußt, welches gefühlsmäßige Risiko sie eingehen würde. Aber sie hatte darauf vertraut, daß ihre Vorsicht und ihre Selbstbeherrschung sie nicht aus der Bahn werfen würden.

Liz hatte nichts von der magischen Zauberkraft der Liebe gewußt. Sie hatte nicht vorhersehen können, daß sie davon wie von einer riesigen Flutwelle überrollt werden würde. Sie hatte nichts von den Tränen gewußt, die hinter ihren Lidern brannten, und nichts von dem Schmerz in ihrem Herzen, der sie schon jetzt, noch bevor Dave abgereist war, überwältigte.

Langsam ging sie zur Tür. Dabei setzte sie versuchsweise ein strahlendes Lächeln auf. Dave wird nie etwas von meiner Liebe erfahren, schwor sie sich. Sie hatte versprochen, daß sie ihre Entscheidung, mit ihm zusammenzuleben und mit ihm zu schlafen, nie bereuen würde.

Die Tage und Nächte, die sie geteilt hatten, waren einzigartig gewesen. Was sie getan hatte, hatte sie für sich getan – und es würde ihr niemals leid tun.

Aber – gütiger Himmel – sie hatte sich doch nicht in Dave verlieben wollen! In einen Mann, der so anders war als sie. Er ähnelte nicht so sehr den übrigen Bartons, wie sie zuerst angenommen hatte. Manche unbändigen Charakterzüge ihrer Familie traten bei Dave in eher gemäßigter Form zutage. Und doch war er ein Einzelgänger und Individualist – ein Mann, der in selbstgewählter Einsamkeit lebte. Ein Mann, der schon bald seinen Koffer packen und nach San Francisco abreisen würde.

Ja, sie liebte ihn. Aber das würde er niemals erfahren.

Liz straffte die Schultern und hob den Kopf. Dann ging sie zurück ins Wohnzimmer. Dave stand vor dem Kamin. Er hatte die Hände in die Hosentaschen gesteckt und starrte in die Flammen. Liz blieb stehen. Bei seinem Anblick beschleunigte sich ihr Herzschlag.

Dave, Liebster, dachte sie. Wie leer würde ihre Wohnung ohne ihn sein. Überall in diesen Räumen würden sie die Erinnerungen verfolgen – bittersüße Erinnerungen.

Als ob er ihre Anwesenheit gespürt hätte, drehte sich Dave zu ihr um. »Liz«, sagte er ruhig. »Ich möchte mit dir reden.«

»Oh . . .« Sie zwang sich zu lächeln. »Du hörst dich so ernst an. Habe ich wieder irgend etwas an dem Computer falsch gemacht?«

»Nein. Du arbeitest sehr gut mit dem Computer – das weißt du auch.« Er zog die Hände aus den Taschen und wies auf das Sofa. »Warum setzt du dich nicht?«

Gehorsam setzte sich Liz auf das Sofa und blickte fragend zu ihm auf. »Was ist los, Dave?«

»Die Zeit ist sehr schnell vorübergegangen, seit ich in Denver angekommen bin.«

»Ja, das stimmt. Wir hatten soviel zu tun. Willst du dich nicht auch setzen?«

»Nein. Die Zeit ist verflogen, und zwischen uns ist eine Menge geschehen.«

»Da hast du recht.« Liz nickte. Sie hatten sich geliebt, und sie liebte ihn. Oh, Dave . . .

»Liz, du weißt, daß ich einen Rückflug nach San Francisco für den Tag nach Weihnachten gebucht habe.«

Und ob sie das wußte! Aber sie wollte gar nichts davon hören, seine Worte taten ihr weh. Warum fing Dave jetzt davon an? Wohin führte dieses Gespräch? Sie wollte zu ihrem Bett laufen, die Decke über den Kopf ziehen und weinen. Die Tränen brannten hinter ihren Lidern. So schnell wie möglich mußt sie dieses Gespräch beenden.

»Ich weiß, wann du abreist, Dave«, erwiderte sie und hoffte, daß ihre Stimme fest klang. »Ich werde meinen Eltern sagen, daß wir uns geirrt haben, daß wir nicht zusammen passen und einfach nicht unter einem Dach leben können. Mal sehen . . . Ich könnte Steve eine Nachricht von dir übergeben, daß du dich bald bei ihm meldest. Das dürfte reichen.« Sie gab vor zu gähnen und legte die Hand auf den Mund. »Du liebe Güte, bin ich müde! Ich glaube, ich gehe bald ins Bett.«

Dave spürte einen stechenden Schmerz in seiner Brust. Seine schlimmsten Befürchtungen hatten sich bestätigt. Er war nichts anderes für Liz als ein Liebhaber auf Zeit, mit dem sie nach den Feiertagen nichts mehr zu tun haben wollte. Alles, was sie miteinander geteilt hatten, bedeutete ihr nichts. Sie schüttelte ihn einfach ab. Aus den Augen, aus dem Sinn. So wie der Christbaumschmuck, den sie nach den Feiertagen wegpacken würde. Zum Teufel, nein!

»Wir passen also nicht zusammen.« In seiner Wange zuckte ein Muskel.

»Nun, ja, darüber waren wir uns doch einig, als wir das Ganze geplant haben. Und . . .« Liz würde jetzt nicht in Tränen ausbrechen! »Und es ist doch auch so, Dave. Ich meine, wir hatten eine wunderschöne Zeit zusammen, aber es war, als wären wir in einen

Wirbelwind geraten. Normalerweise führe ich ein eher beschauliches Leben. Ich halte Ordnung und Ruhe, weil mir das wichtig ist. Du bist da ganz anders, das weiß ich. Ich könnte nie so sein wie du. Wenn ich meinen Eltern erkläre, daß wir nicht zusammen passen, ist das nicht einmal eine Lüge.«

»Nein?« Dave hob die Stimme. »Nach Weihnachten radierst du unsere Beziehung also einfach aus. Schluß, Ende. Himmel, Liz, hat dir das alles denn überhaupt nichts bedeutet? Ich war dein Weihnachtsgeschenk, nicht wahr? So hast du mich jedenfalls immer genannt. Was hast du dir vom Weihnachtsmann gewünscht? Einen Zuchthengst, der dir endlich deine Jungfräulichkeit raubt?«

Im nächsten Augenblick schon bereute Dave seine harten Worte. Das meinte er doch nicht so! Er wurde Liz gegenüber doch nur so aggressiv, weil er mit seinem Schmerz und seinen zerschlagenen Träumen nicht fertig wurde.

Alle Farbe wich aus ihrem Gesicht. »Glaubst du das wirklich?« Ihre Stimme zitterte. »Daß ich dich benutzt habe? Daß ich dich dazu benutzt habe, um . . .«

»Liz, nein, das habe ich nicht gemeint.«

Verzweifelt kämpfte sie gegen die aufsteigenden Tränen an. »Es stimmt«, begann sie dann zu sprechen, »ich habe keinen Hehl daraus gemacht, daß ich dich wollte. Als wir zusammen waren, Dave, habe ich dir erklärt, daß es nichts auf der Welt mehr gibt außer dir und mir . . .« Tränen strömten über ihre Wangen. Liz wischte sie weg, aber das war sinnlos. Sie konnte nicht aufhören zu weinen. »Ich erinnere mich, daß ich dich oft mein ›Weihnachtsgeschenk‹ genannt habe.«

»Liz, bitte, hör auf zu weinen.« Dave trat einen Schritt auf sie zu.

»Nein.« Sie schüttelte den Kopf. Er blieb stehen und fuhr sich ratlos durchs Haar. Liz stand taumelnd auf und sah ihn an. »Alles, was zwischen uns geschah, war allein meine Entscheidung. Zum ersten Mal in meinem Leben habe ich nichts um die Zustimmung meiner Familie gegeben. Ich habe das getan, was ich wollte. Wenn das bedeutet hat, daß ich dich benutzt habe, Dave . . .« Sie hielt inne und schüttelte erneut den Kopf. »Ich wollte mit dir schlafen, und ich habe das nie bereut. Ich werde es auch nie bereuen. Und meine Entscheidung hatte überhaupt nichts damit zu tun, daß ich meine Jungfräulichkeit verlieren wollte.«

»Liz, bitte . . . das weiß ich doch. Es tut mir leid, daß ich das eben gesagt habe. Ich schwöre dir, daß ich es nicht so gemeint habe. Alles hat sich in mir angestaut. Das, was du mir gesagt hast, die Tatsache, daß du mich dein ›Weihnachtsgeschenk‹ genannt hast – alles das hat mich daran erinnert, daß unsere Zeit begrenzt ist.«

»Aber das haben wir doch von Anfang an gewußt.« Daves Worte stürzten sie in Verwirrung. »Nach Weihnachten steigst du ins Flugzeug und kehrst nach San Francisco zurück. Du warst mein Weihnachtsgeschenk, Dave . . . begreifst du das nicht? Nach Weihnachten ist doch alles vorbei.« Sie schluchzte. »Dann ist alles . . . vorbei.«

Mit einem Schritt war er bei ihr und umfaßte ihre Schultern. »Warum?« Er schrie beinahe. »Warum muß denn alles vorbei sein? Kannst du das alles denn so einfach wegstecken und dich nur hin und wieder an mich erinnern wie an einen interessanten kleinen Weihnachtsflirt?«

»Stell mich nicht als so kalt und berechnend dar.« Auch Liz' Stimme hob sich. »Ich sehe nur den Tatsachen ins Auge. Das tun die Bartons, denen du, lieber Dave, so ähnlich bist, nicht immer. Nun, ich bin Liz, und ich bin anders. Was ich aus den Erinnerungen an unsere gemeinsame Zeit mache, geht niemanden etwas an. Die Weihnachtszeit geht zu Ende – und unsere Zeit auch. Das sind die Fakten, Dave McHugh.«

Sie löste sich aus seinem Griff und trat zurück. Mit gespielter Gleichgültigkeit sah sie ihm in die Augen.

Oh, Dave . . . Ihr Herz schmerzte. Ich liebe dich.

»Nun, dann ist ja alles klar.« Daves Stimme klang ausdruckslos. »Du hältst dich also an den ursprünglichen Plan, oder? Warum überrascht mich das eigentlich so? Du bist ein ordentlicher Mensch, der sein Leben fest im Griff hat. Du hast deine festgefahrenen Geleise ein einziges Mal verlassen, weil du es so wolltest, und dir selbst ein Weihnachtsgeschenk gemacht. Mich. Wenn Weihnachten vorüber ist, hast du für mich keine Verwendung mehr. Ich verstehe. Wahrscheinlich habe ich mich einfach vergessen – wahrscheinlich habe ich mich von der festlichen Atmosphäre gefangennehmen lassen, die ich noch nie erlebt hatte. Keine Sorge, Liz. Ich bin in die Realität zurückgekehrt.«

Er wandte sich ab und trat an den Kamin. Mit dem Rücken zu ihr starrte er in die flackernden Flammen.

Zumindest hatte er sich einen Rest an Würde bewahrt. Er hatte sich nicht zum Narren gemacht und Liz seine Liebe gestanden. Aber all seine Hoffnungen, seine Träume, seine Pläne für eine gemeinsame Zukunft mit Liz waren zerronnen. Er war Liz' Weihnachtsgeschenk gewesen – mehr nicht. Es tat so verdammt weh. Er liebte sie, er hatte den Rest seines Lebens mit ihr verbringen wollen.

Lange Zeit starrte er ins Feuer und bemühte sich, seine Gefühle unter Kontrolle zu bringen. Er fühlte sich plötzlich ausgebrannt und leer. Ihm war auf einmal furchtbar kalt. Er fühlte sich so allein wie noch nie in seinem ganzen Leben.

Wieder einmal wischte Liz die Tränen von den Wangen. Schon jetzt wußte sie, daß sie nicht aufhören würde zu weinen in all den langen einsamen Nächten nach Daves Abreise.

Alles ist anders gekommen, als ich es mir vorgestellt habe, dachte sie niedergeschlagen. Ihr Geschenk war ihr noch vor Weihnachten entrissen worden. Wie naiv sie doch gewesen war zu glauben, daß die Erinnerung an Dave ausreichen würde, um sie die Tage, die Jahre, die vor ihr lagen, zu ertragen. Wie dumm von ihr zu denken, daß sie das alles mit Dave hatte erleben können, ohne sich in ihn zu verlieben. Jetzt würde sie für alles bezahlen müssen – mit endlosen Tränen und einem gebrochenen Herzen.

Als sie Dave anschaute, trübten Tränen ihren Blick. Er verschwamm vor ihren Augen, mit den bunten Lichtern des Weihnachtsbaumes und wirkte dadurch wie eine große, starke Gestalt aus einem Märchenland.

Irgendwie entsprach das ja auch der Wahrheit, und er würde schon bald dahin zurückkehren, wo er wirklich hingehörte.

In den Märchen und Sagen gibt es oft eine Zauberformel, die ein Geschöpf in einen Prinzen verwandelt, der einen liebt und für immer bei einem bleibt, überlegte Liz.

Sie blinzelte durch ihre Tränen und versuchte vergeblich, Dave von der Kaskade von bunten Lichtern zu unterscheiden.

Wenn ich jetzt die Zauberformel spreche, fragte sie sich. Wenn ich Dave sage, daß ich ihn liebe, wird er dann für immer bei mir bleiben? Würden sie sich auf einmal nicht mehr so sehr voneinander unterscheiden?

Nein.

Liz seufzte. Wenn sie sich jetzt in Daves Arme warf und ihm ihre Gefühle offenbarte, würde sie sich nur lächerlich machen. Er würde wahrscheinlich nur peinlich berührt sein und ihr versichern, daß auch sie sich von der festlichen Atmosphäre hatte anstecken und verführen lassen. Ihm selbst war das ja auch passiert, aber er hatte sich schnell wieder gefangen. Ihre Zeit war eben von Anfang an begrenzt gewesen.

Sie hatten wenig gemeinsam – nur ihre Leidenschaft und ihr unersättliches Verlangen nacheinander.

Und das war nicht genug.

»Ich bin sehr müde, Dave«, brachte Liz mit tränenerstickter Stimme hervor. »Ich gehe jetzt besser ins Bett. Es gibt ja auch nichts mehr zu sagen. Am besten fahren wir mit unserer Komödie fort, so, wie wir es ursprünglich geplant hatten. Ich möchte ungern eine düstere Stimmung über Steve und Mandys Hochzeit verbreiten. Und auch nicht über die Weihnachtstage. Es dauert nicht mehr lange – dann bist du frei und kannst gehen.« Sie hielt inne. »In Ordnung?«

Dave wandte sich um und sah sie an. Seine Miene war ausdruckslos. »Ich stehe zu dem, was ich dir versprochen habe. Immerhin ist diese ganze Sache zuerst meine Idee gewesen.«

»Danke.«

Er fuhr sich mit der Hand über den Nacken. »Liz,

unser Gespräch hat die Wahrheit über das, was wir hier wirklich veranstalten, an den Tag gebracht. Ich weiß, daß ich dir die Entscheidung darüber, ob ich mit dir schlafe, überlassen habe. Und das, was zwischen uns geschehen ist, war . . .« Er räusperte sich und holte tief Luft. »Am besten schlafe ich bis zu meiner Abreise auf dem Sofa.«

Nein! In ihm sträubte sich alles gegen diese Vorstellung. Nicht einen einzigen kostbaren Augenblick mit Liz wollte er aufgeben! Aber er konnte auch nicht länger in einem Bett mit ihr liegen, sie lieben, um dann mit ihr zusammen einzuschlafen, um im Morgengrauen aufzuwachen und sie wieder zärtlich zu lieben. Er könnte es nicht. Nicht in dem Bewußtsein, daß seine Zeit mit Liz ablief.

»Ich verstehe«, flüsterte sie. O nein, dachte sie verzweifelt. Sie würden in zwei verschiedenen Räumen schlafen – Welten voneinander getrennt. Das war nicht fair. Das war nicht der richtige Zeitpunkt. Dave gehörte doch ihr – bis Weihnachten. »Ich . . . ich muß jetzt ins Bett. Ich bin furchtbar müde. Gute Nacht, Dave. Im Schrank neben der Tür ist Bettwäsche. Schlaf gut.« Sie drehte sich um und rannte beinahe ins Schlafzimmer.

Dave sah ihr nach und gestand ihr im stillen, daß er sie liebte. Dann blickte er gedankenverloren auf den Weihnachtsbaum und den glitzernden Engel auf der Spitze.

8

Steve und Mandy hatten sich für eine Hochzeit im engsten Familienkreis entschieden. Anschließend sollte ein großer Empfang in einem der teuersten Hotels von Denver stattfinden.

In der mit Kerzenlicht erleuchteten kleinen Kapelle drängte sich ungefähr ein Dutzend Leute, einschließlich Mandys Eltern und ihren zwei Brüdern. Der Altar war mit Blumen geschmückt, und die Kirchenbänke säumten Girlanden aus duftendem Tannengrün.

In dem kleinen Raum herrschte eine freudige, festliche Weihnachtsstimmung. Es ist einfach traumhaft, stellte Liz wehmütig fest. Seit ihrem Gespräch mit Dave am Abend zuvor fühlte sie sich seltsam unwirklich.

Als sie am Morgen aufgestanden war, war er schon fort gewesen. Er hatte ihr eine Nachricht hinterlassen, daß er in der Kapelle auf sie warten würde.

Und da stand er – Dave McHugh, der Trauzeuge. Er trug einen dunklen Anzug und eine rote Rose am Jackettaufschlag. Liz war die Brautjungfer – in einem langen Kleid aus fließendem, weichen Samt, das den gleichen Farbton wie ihr Haar hatte.

Die Worte des Geistlichen drangen kaum in ihr Bewußtsein. Aus den Augenwinkeln betrachtete sie Dave.

Wie sehr ich ihn liebe, dachte sie. Das flackernde Kerzenlicht warf tanzende Schatten auf sein gutgeschnittenes Gesicht und das dunkle Haar. Liz wurde an ihre leidenschaftlichen Umarmungen vor dem knisternden Kaminfeuer erinnert.

Schäm dich, Liz Barton! schalt sie sich selbst. Wie konnte sie nur hier in der Kirche an so etwas denken!

Aber wie hätte sie aufhören können, an Dave und alles, was zwischen ihnen gewesen war, zu denken? Wie konnte sie diese Erinnerungen in eine entfernte Ecke ihres Gehirns verbannen und alles vergessen? Wie konnte sie diesen gutaussehenden Mann ignorieren, den sie von ganzem Herzen liebte?

Liz spürte die Tränen, die hinter ihren Lidern brannten und wandte den Blick von Dave. Sie starrte auf Mandy und Steve und zwang sich, nicht zu weinen. Sie zwang ihr Herz dazu, ruhiger und weniger schmerzhaft zu schlagen. Und sie zwang ihren Verstand, mit der ständigen Wiederholung ihrer unausgesprochenen Liebeserklärung an Dave aufzuhören.

Ich, Dave, nehme dich, Liz, zu meiner Ehefrau, flüsterte Dave insgeheim. Oh, McHugh – schlag dir doch endlich diese Frau aus dem Kopf! Er quälte sich selbst mit der Vorstellung, daß diese bühnenreife Zeremonie hier für ihn und Liz stattfand.

Am liebsten hätte er seinen Weihnachtsengel auf der Stelle geheiratet – hier, in der festlich geschmückten Kapelle. Wie gern hätte er Liz seine Liebe versprochen und ihr Versprechen entgegen genommen. Ihr Zusammenleben als Mann und Frau könnte jetzt beginnen.

Statt dessen hatte Liz ihn für alle Zeiten in die Barton-Schublade gesteckt. Sie stand da und sah im Kerzenlicht so schön aus – und so verdammt ruhig. Ohne Zweifel hatte sie sich hinter ihren Schutzmechanismen verschanzt, wo er sie niemals wieder würde erreichen können.

Was hätte ich anders machen sollen in der Zeit unseres Zusammenseins? fragte Dave sich wieder einmal. Wie hätte er Liz zeigen, ihr beweisen können, daß er kein Barton war?

Zum Teufel, wie konnte Liz nur so verdammt gelassen sein? Ihre Beziehung war etwas ganz Besonderes gewesen, etwas, das er nie zuvor erlebt hatte. Aber so war Liz eben – ordentlich und kontrolliert. Offenbar hatte sie die Erinnerungen an ihre gemeinsame Zeit schon in den hintersten Winkel ihrer Erinnerungen verbannt.

Es tat so verdammt weh.

»Sie können jetzt die Braut küssen«, erklärte der Geistliche.

Dave fuhr überrascht zusammen und stellte fest, daß er kaum ein Wort von der ganzen Zeremonie bewußt wahrgenommen hatte. Irgendwie hatte er es fertig gebracht, Steve den Ring zum rechten Zeitpunkt zu geben, aber ansonsten war er in seine eigenen Gedanken versunken gewesen. Steve und Mandy waren verheiratet. Sie waren jetzt ein Ehepaar. Dave McHugh fühlte sich unendlich allein.

Die Eltern der Brautleute umarmten und küßten die beiden. Alle redeten durcheinander. Der Pfarrer strahlte über das ganze Gesicht.

Liz trat in dem Moment zur Seite, als auch Dave sich bewegte. Sie stießen zusammen.

»Oh.« Sie schnappte nach Luft. »Entschuldige.«

»Es ist ja nichts passiert«, erwiderte Dave.

Ihre Blicke trafen sich, und auf einmal schien es, als wären sie in der kleinen Kapelle allein. Sie standen sich gegenüber, ohne sich zu berühren, und die Luft zwischen ihnen schien elektrisch geladen zu sein. Keiner von beiden bewegte sich. Die kurze Distanz zwischen ihnen hätte ebensogut ein kilometerbreiter Graben sein können – voller unausgesprochener Worte und Geheimnisse.

»Kommt, gehen wir.« Steve forderte sie zum Aufbruch auf.

Als Steves Stimme den Bann durchbrach, der über ihm und Liz gelegen hatte, fuhr Dave zusammen. Liz blinzelte, dann wandte sie den Blick von Dave ab und sah ihren Bruder an.

Steve schlug Dave auf den Rücken. »He, alter Junge, ich habe genau gesehen, wie du meine kleine Schwester angeschaut hast. Die Liebe ist schon etwas verdammt Schönes, nicht wahr? Einfach phantastisch! Dich hat's jedenfalls genauso erwischt wie mich. Ihr beiden seid die nächsten, die zum Altar gehen.« Er blickte sich um. »Sind alle bereit, zum Hotel aufzubrechen? Reverend Williams, Sie und Ihre Frau kommen natürlich mit.«

»Gern, Steve.« Der Geistliche lächelte.

Um sie herum wurden lautstark Überlegungen angestellt, wer mit wem zum Hotel fahren sollte. Liz nahm nichts von all dem wahr. Sie starrte auf die Blumen in ihren Händen. Steves Worte gingen ihr nicht aus dem Sinn.

Hat Dave mich wirklich verliebt angesehen? fragte sie sich. Nein, das war verrückt. Steve war im Moment im siebtem Himmel und sah ringsum nur Verliebte. Dave liebte sie nicht. Er spielte nur noch seine Rolle in ihrer Komödie. Oder liebte er sie etwa doch? Nein. Er hatte nicht einmal mehr versucht, sie zu küssen, geschweige denn, mit ihr zu schlafen. Wahrscheinlich zählte er schon die Stunden bis zu seinem Aufbruch nach San Francisco. Steve irrte sich.

». . . und Liz fährt mit Dave.« Liz hörte die Stimme

ihrer Mutter. »Ich bin sicher, daß das ganz in eurem Sinn ist. Ich verstehe überhaupt nicht, warum ihr nicht zusammen hergekommen seid. Nun, das spielt jetzt auch keine Rolle mehr. Ich fahre mit deinem Auto ins Hotel, Liz. So, jetzt ist hoffentlich alles geregelt. Kommt, laßt uns aufbrechen.«

»Mutter! Ich kann mit meinem eigenen Wagen fahren. Das ist wirklich in Ordnung«, erklärte Liz schnell.

»Sei nicht albern, Kleines. Du fährst mit Dave. Nach dieser wunderschönen Zeremonie seid ihr beiden doch sicher ganz romantisch gestimmt. Auf keinen Fall lasse ich zu, daß ihr euch trennt. Auch, wenn es nur für die kurze Fahrt durch die Stadt wäre. So, und jetzt geh.«

Auf einmal drängten alle hinaus, um in ihre Autos zu steigen. Nur am Rande ihres Bewußtseins nahm Liz wahr, daß Dave sie am Arm gefaßt hatte. Bevor sie wußte, wie ihr geschah, saß sie in seinem Wagen.

Während der Fahrt konzentrierte sie sich auf den Blumenstrauß, den sie immer noch fest in den Händen hielt. Zwischen ihr und Dave breitete sich ein lastendes Schweigen aus.

Schließlich räusperte sich Dave. »Es war wirklich eine schöne Trauung«, bemerkte er und sah Liz dabei nicht an.

»Ja.«

»Ich hasse große, aufwendige Hochzeitszeremonien. Sollte ich jemals heiraten, möchte ich es auch so wie Steve und Mandy.«

Liz nickte. Sie hielt den Blick immer noch auf die Blumen gesenkt. »Ja, es war sehr schön. Ich mag diese großartigen Zeremonien auch nicht.«

»Jetzt bin ich aber wirklich überrascht.« Daves Stimme klang leicht sarkastisch. »Wir beide haben etwas gemeinsam! Und wenn es nur die Vorliebe für eine Hochzeit im engsten Familienkreis ist.«

»Das ist doch nicht von Bedeutung«, sagte Liz leise.

»Nein?« fragte Dave.

»Nein.«

»Ist dir eigentlich jemals aufgefallen, Liz, daß wir beide ziemlich viel gemeinsam haben? Viel mehr als nur die Vorliebe für eine Hochzeit im kleinen Kreis.«

»Dave, bitte. Es hat doch keinen Sinn mehr, darüber zu reden. Die Tatsachen sprechen für sich. Bitte, hör jetzt auf damit.«

Dave biß die Zähne so fest zusammen, daß sein Kiefer schmerzte. Auf einmal war er sehr wütend. Außerdem fühlte er sich einsam und allein gelassen. Aber der Zorn siegte über die eisige Kälte in seinem Innern. Plötzlich spürte er, wie eine nie gekannte wilde Entschlossenheit in ihm wuchs.

Zum ersten Mal in seinem Leben liebte er eine Frau. Er liebte Liz mit einer Intensität und Zärtlichkeit, die er nie für möglich gehalten hätte. Und was hatte er vor? Er war drauf und dran, sich wie ein geprügelter Hund nach San Francisco abzusetzen!

Zum Teufel, genau das würde er nicht tun.

Liz Barton liebte ihn!

Er hatte mit dieser Frau zusammengelebt, er hatte mit ihr geschlafen und die Zärtlichkeit und Hingabe in ihren schönen Augen gesehen. Und das glückliche Lächeln auf ihren Lippen. Es war Dave gleichgültig, was sie sagte oder wie sie sich ihm gegenüber verhielt. Dave wußte, daß sie ihn liebte. Sie liebte ihn genauso wie er sie.

Und diese Liebe würde er nicht kampflos aufgeben!

Dave kniff die Augen zusammen und trommelte mit den Fingern auf das Lenkrad. Er mußte sich etwas einfallen lassen. Er mußte eine Strategie entwickeln. Die Angelegenheit erforderte viel Geduld und Fingerspitzengefühl, aber er würde es schon schaffen.

Langsam breitete sich ein Lächeln auf seinem Gesicht aus. Dave fing an. ›Jingle Bells‹ vor sich hinzusummen und mit den Fingern den Takt zu dem fröhlichen Weihnachtslied zu klopfen.

Liz blickte ihn stirnrunzelnd von der Seite an. Was um alles in der Welt war denn in Dave gefahren? Was hatte zu diesem Stimmungsumschwung geführt? Was ging bloß in seinem Kopf vor? Und, zum Teufel, sein Summen regte sie auf.

»Da hinten an der Ecke ist schon das Hotel«, erklärte er munter. »Wie ich Steve kenne, wird es eine erstklassige Party. Ich dachte, daß ich die Nase voll von Partys hätte, nachdem wir uns auf so vielen herumgetrieben haben – aber jetzt muß ich feststellen, daß ich mich auf diese hier tatsächlich freue. Eine Hochzeitsfeier ist aber auch etwas ganz Besonderes, findest du nicht auch?«

»Nun, ich . . .«

»Mein alter Freund Steve konnte noch nie genug kriegen von Partys.« Dave lachte. »Wenn er erst einmal Vater geworden ist, sieht er die Dinge bestimmt ganz anders. Die Menschen verändern sich. In San Francisco habe ich die letzte ausschweifende Party vor – laß mich nachdenken – vor ungefähr drei Monaten gefeiert. Erst als ich nach Denver gekommen bin, und du mein Leben in die Hand genommen hast, sind meine Abende wieder lang geworden. Für eine untypische Barton hast du mich auf ganz schön viele anstrengende Partys geschleppt.«

»Ich?« Liz Stimme klang schrill.

»Dabei ist mir ein ruhiger Abend mit einer guten Mahlzeit und einer schönen Frau viel lieber. Oder ein

Theaterbesuch, ein Konzert . . . Ein Strandspaziergang ist auch nicht zu verachten – so wie alle friedlichen, erholsamen Aktivitäten.«

»Sprichst du tatsächlich von dir?«

»Von wem denn sonst? Ich muß die Woche über hart arbeiten, und möchte mich in meiner Freizeit entspannen. Am liebsten hole ich mir am Wochenende ein paar Videofilme und einen Haufen Popcorn und verschanze mich damit in meiner Wohnung. Das ist für mich das größte.«

Liz öffnete schon den Mund zu einer Entgegnung. Dann entschied sie jedoch, daß sie sich mit ihrer hohen Stimme schon lächerlich genug gemacht hatte, und schloß ihn wieder. Mit aufgerissenen Augen starrte sie Dave an.

Videofilme und Popcorn? Ein ruhiges Wochenende zu Hause? Sie selbst liebte solche Wochenenden über alles. Das hieß – sie hatte sie geliebt, bis zu dem Zeitpunkt, an dem Dave in ihr Leben getreten war. Sie hatte ja keine Ahnung davon gehabt, daß er einen ruhigen Abend genießen konnte. Er, Dave McHugh, den ihr Bruder immer als Partylöwen geschildert hatte. Nein, das konnte nicht sein. Dave scherzte nur. Nicht ein einziges Mal hatte er sich über die vielen Partys, die sie besucht hatten, beschwert, aber auf der anderen Seite hatte er es damals auf dem Fest ihrer Eltern auch sehr eilig gehabt, mit ihr zu verschwinden. Zum Teufel mit dem Mann! Er stürzte sie nur in Verwirrung. Liz war schon völlig durcheinander.

»Da ist ein Parkplatz«, sagte Dave und warf einen raschen Seitenblick auf Liz.

Gut, stellte er bei sich fest. Liz sah völlig verwirrt aus. Er parkte den Wagen, dann stieg er aus und ging zur

Beifahrertür, um Liz beim Aussteigen zu helfen. Sie hielt ihre Handtasche und den Blumenstrauß in einer Hand, und Dave ergriff ihre andere Hand und hielt sie fest. Gemeinsam gingen sie über den Parkplatz auf den Hoteleingang zu. Es begann zu schneien. Dave blickte in den Himmel.

»Ob wir wohl eine weiße Weihnacht bekommen? Dann fahren bestimmt viele Leute über die Feiertage zum Skifahren. Ich verbringe Weihnachten am liebsten zu Hause.«

»Wirklich?« fragte Liz. »Ich selbst habe oft genug meine Weihnachtsgeschenke in einem Wintersportort ausgepackt.«

Dave zuckte die Schultern. »Du bist ja auch eine Barton.«

»Oh, ich habe mir aber immer gewünscht, zu Hause zu sein«, erwiderte Liz rasch.

Dave tat so, als hätte er ihre Worte nicht gehört. »Ich denke, daß ich mir von jetzt an auch immer einen Weihnachtsbaum kaufen werde. Immerhin habe ich in meiner Kindheit nur traurige Weihnachtsfeste erlebt. Dies ist das letzte Weihnachtsfest, das ich nicht zu Hause verbringe!«

Liz stolperte und sah ihn mit großen Augen an. »Steve und Mandy fahren morgen nachmittag nach Aspen – wenn sie all ihre Geschenke ausgepackt haben.«

»Jedem das Seine.«

»Aber Steve hat gesagt, daß du auch gern mitgefahren wärst, wenn du nicht zurück nach San Francisco müßtest. Er denkt, daß auf dich dringende Geschäfte warten. Ich habe auch geglaubt, daß du lieber mit ihm zum Wintersport gefahren wärst, als irgend etwas anderes zu tun.«

»Davon war nie die Rede. Steve hat sich geirrt. Weihnachten in Aspen? Nein, danke.«

»Oh . . .« Liz' Gedanken überschlugen sich. Das hier ergab doch alles keinen Sinn. Dave wollte Weihnachten am liebsten traditionsbewußt zu Hause verbringen? Mit Weihnachtsbaum? Von dieser Seite seiner Persönlichkeit hatte sie ja überhaupt keine Ahnung gehabt!

Sie hatten ein paar ruhige Abende in ihrem Apartment verbracht, die meiste Zeit jedoch waren sie unterwegs gewesen. Liz war davon überzeugt gewesen, daß Dave sich sonst zu Tode gelangweilt hätte. Sie selbst hatte die wenigen ruhigen Stunden mit ihm genossen und sich bemüht, nicht daran zu denken, daß Dave wahrscheinlich viel lieber ausgegangen wäre.

Und jetzt erzählte er ihr . . . Himmel! In ihrem Kopf drehte sich alles. Sie konnte überhaupt nicht mehr klar denken.

»Bitte sehr, Mylady!« Dave hielt ihr die Eingangstür auf.

»Wie bitte? O ja, danke . . .«

»Stimmt etwas nicht, Liz?« erkundigte er sich unschuldig. Sie gingen durch die Lobby zu den Aufzügen. »Du siehst so nachdenklich aus. Freust du dich nicht auf den Empfang? Du hast dich doch auch auf all den anderen Partys amüsiert, die wir besucht haben. Wie eine richtige Barton.«

»Ja. Nein. Ich bin keine Barton, Dave. Nun, ich bin doch eine, weil ich Liz Barton heiße . . . aber auf diesen Partys habe ich mich nicht besonders wohlgefühlt. Auf einigen schon, immerhin waren sie für Steve und Mandy, aber ich . . . Am liebsten wäre ich . . . Ich drücke mich wohl nicht sehr verständlich aus, oder?«

Sie betraten den Lift.

»Nein, das tust du wirklich nicht.« Dave drückte ihre Hand. »Aber es ist auch kein Wunder, daß du ein bißchen durcheinander bist. Immerhin hat dein einziger Bruder geheiratet. Das ist schon ein großes Ereignis. Beruhige dich jetzt. Du bist doch sonst ein großer Meister darin. Wo ist denn heute deine berühmte Gelassenheit, meine kleine Liz?«

Sie ist in meinem verwirrten Verstand verlorengegangen, dachte Liz benommen. Gott, sie war alles andere als ruhig und gelassen. Ihr Inneres befand sich in hellem Aufruhr.

Warum hat Dave mir das alles erzählt, fragte sie sich. Jetzt, wo unsere Beziehung zu Ende ist? Was will er damit bezwecken?

Warum behauptete er, daß sie sich in den vergangenen Wochen mehr wie eine Barton verhalten hätte als er? Liz seufzte und schüttelte verwirrt den Kopf.

Nachdem sie den Lift verlassen hatten, gingen sie über einen mit Teppichen ausgelegten Flur zu einem großen, festlich geschmückten Saal, in dem eine Band spielte. Ein riesiger mehrstöckiger Hochzeitskuchen prangte auf einem Tisch. Durch die unzähligen Gäste drängten sich Kellner, die Champagner anboten. Steve und Mandy standen inmitten des Gedränges und begrüßten ihre Gäste. Ständig trafen neue Gratulanten ein. Es herrschte eine aufgeregte, fröhliche Stimmung. Auf einem großen Tisch häuften sich teuer verpackte Hochzeitsgeschenke.

»Wirklich ein erstklassiger Empfang – genauso, wie ich es mir vorgestellt habe«, sagte Dave.

»Ja, und alle scheinen in bester Stimmung zu sein«, erwiderte Liz.

»Bestimmt sind einige Leute entsetzt darüber, daß Steve Barton tatsächlich den Sprung ins kalte Wasser gewagt und geheiratet hat. Eigentlich müßten sie aber doch wissen, daß man bei den Bartons nie vor Überraschungen sicher ist.«

»Das kann man von mir aber nicht behaupten, Dave. Ich meine, bei mir ist man vor Überraschungen sicher.«

Er hob die Brauen. »So? Wie viele Leute hier können sich wohl vorstellen, daß die ruhige, konservative Liz Barton mit einem Mann zusammenlebt, den sie nach einer wilden Party, die in ihrem Apartment stattfand, neben sich im Bett vorgefunden hat? Hm?«

Liz kam nicht dazu, ihm zu antworten, denn er verschloß ihr die Lippen mit einem flüchtigen Kuß. »Denk darüber nach«, murmelte er, dann richtete er sich auf und ließ sich von einem Kellner zwei Gläser Champagner geben. »Trink nicht zuviel von dem Zeug.« Grinsend reichte er Liz ein Glas. »Erinnere dich daran, was das letzte Mal passiert ist, als du zuviel Champagner getrunken hast.« Sein Grinsen wurde breiter. »Aber du bist ja eine Frau, die einen nie überrascht, oder? Bedeutet das, daß ich mich darauf einstellen muß, daß du dich wieder mit Champagner betrinkst?«

»Nein!« Liz war entrüstet. »Sei nicht albern.«

Dave zuckte die Schultern. »Ich habe dich nur beim Wort genommen. Warum regst du dich so auf. Ihr Bartons seid schon ein eigenartiger Verein.«

»Würdest du jetzt bitte damit aufhören?« Liz' Stimme hob sich.

Einige Leute drehten sich nach ihnen um, und Liz lächelte ihnen verbindlich zu. Dann wandte sie sich wieder an Dave und funkelte ihn warnend an. Er grinste nur. Unwillig leerte sie ihr Glas in einem Zug.

Dave hob die Brauen. »Oh – es geht also schon los.«

»Dave McHugh«, flüsterte Liz mit blitzenden Augen. »Halt den Mund! Du machst mich rasend!«

Dave legte eine Hand aufs Herz. »Ich?«

»Du redest rätselhaftes Zeug daher und bringst mich so in Verwirrung, daß ich nicht mehr klar denken kann.«

»So? Aber ich habe doch nur nett mit dir geplaudert. Und alles, was ich gesagt habe, entspricht der Wahrheit. Habe ich dich jemals belogen? Steve hat mir einmal erzählt, daß ihr Bartons größten Wert auf Ehrlichkeit legt. Ich kann das gut nachvollziehen, mir geht es genauso.«

»Wir Bartons«, wiederholte Liz matt. Sie stellte ihr leeres Glas auf das Tablett eines vorübereilenden Kellners. »Wann begreifst du endlich, daß ich keine echte Barton bin?«

Dave berührte sacht ihre Wange. Als er sprach, klang seine Stimme warm. »Bist du das wirklich nicht? Besitzt du nicht doch auch einige Charaktermerkmale der Bartons? So wie ich? Ich bin auch kein hundertprozentiger Barton – ich bin ich, Dave McHugh, und ich bin den Bartons in manchen Dingen sehr ähnlich. Aber in vieler Hinsicht bin ich anders. Du, liebe Liz, bist viel mehr eine Barton, als du es dir eingestehen willst.«

»Nein.«

»Oh, doch. Als du mich in deine Wohnung aufgenommen hast – als du mit mir geschlafen hast, da hast auch du nach dem Motto gehandelt: ›Tu es, wenn du es für richtig hältst‹. Oder etwa nicht?«

Liz blickte sich unruhig um. »Pst. Wenn dich jemand hört!«

»Na und? Soll ich dir einmal meine Meinung sagen, Liz?«

»Nein.«

»Ich tu's trotzdem. Genau wie ich besitzt du einige

Charaktereigenschaften deiner Familie – ansonsten bist du eine völlig eigenständige Persönlichkeit.«

»Warum erzählst du mir das alles? Warum legst du es darauf an, mich vor deiner Abreise noch völlig zu verunsichern?« Liz war den Tränen nahe. »Es ist vorbei, Dave. Zwischen dir und mir ist es aus. Warum sagst du mir jetzt so merkwürdige Dinge?«

»Weil es die Wahrheit ist. Und weil es einmal ausgesprochen werden muß. Du hast dich so lange hinter deiner Ruhe und deiner Gelassenheit verschanzt, daß du völlig den Blick für die Realität verloren hast. Du hältst dich für anders als die Bartons und mich für den Prototyp eines Barton! Aber du irrst dich. Für dich gibt es nur Schwarz und Weiß – kein Grau. Dir ist die Mitte verlorengegangen, Liz. Es gibt sie aber – und es wird höchste Zeit, daß du das begreifst.«

»Aber . . .«

»Das ist einer der Gründe, warum ich dir das alles gesagt habe.« Dave zögerte. »Der andere ist der, daß ich Steve und deinen Eltern erzählen werde, daß meine Anwesenheit in San Francisco aus geschäftlichen Gründen dringend erforderlich ist.«

»Was . . . was willst du damit sagen?« flüsterte Liz.

Dave straffte die Schultern und sah ihr in die Augen. »Ich buche einen Nachtflug nach San Francisco. Es ist am besten so. Ich reise ab, Liz. Noch heute nacht.«

9

Das Weihnachtsfest kam und ging.

Liz' Gesicht schmerzte vom vielen angestrengten Lächeln. Bevor sie all ihren Mut zusammennehmen und ihren Eltern am Weihnachtstag erklären konnte, daß es zwischen ihr und Dave aus sei, verkündeten die Bartons, daß sie mit Steve und Mandy nach Aspen reisen würden.

Liz hatte sich wieder einmal gezwungen zu lächeln und ihnen eine gute Reise gewünscht. Endlich waren sie alle aufgeregt und lachend abgereist und hatten Liz versichert, daß sie nicht vor Neujahr zurückkehren würden.

Vom Haus ihrer Eltern aus fuhr Liz zurück in ihre Wohnung. Kein warmes, knisterndes Kaminfeuer erwartete sie. Niedergeschlagen entfernte sie die Lichterketten und den Schmuck vom Weihnachtsbaum. Während sie den Engel zurück in seine Schachtel legte, liefen ihr unaufhaltsam die Tränen über die Wangen. Nachdem der Hausmeister den Baum abgeholt hatte, um ihn auf den Müll zu werfen, entfernte Liz mit dem Staubsauger die Tannennadeln vom Teppich. Dann sank sie auf das Sofa.

Sie fühlte sich so allein wie noch nie in ihrem Leben. »Oh, Dave . . .« Sie schluchzte laut auf und bedeckte das Gesicht mit den Händen.

In Denver feierte man den Jahreswechsel wie immer mit viel Musik, mit Tanz in allen Straßen der Stadt und mit einem großen Feuerwerk um Mitternacht.

Liz lag in der Dunkelheit in ihrem Bett und starrte an die Zimmerdecke. Den fröhlichen Lärm, der von draußen in ihr Schlafzimmer drang, nahm sie kaum wahr.

Seit Dave so plötzlich abgereist war, hatte sie kaum etwas anderes getan als geweint. Sie hatte an nichts anderes denken können als daran, daß Dave für immer aus ihrem Leben verschwunden war.

»Schluß jetzt!« befahl sie sich selbst und trocknete ihre Tränen. Sie mußte sich unbedingt all die rätselhaften Dinge ins Gedächtnis zurückrufen, die Dave ihr auf Steve und Mandys Hochzeitsfeier gesagt hatte. Auf einmal hatte sie das dringende Bedürfnis, die Verwirrung, die seine Worte in ihr hinterlassen hatte, zu klären. Das neue Jahr hatte begonnen, und Liz mußte irgendwie versuchen, weiterzuleben.

Immerhin war sie Liz Barton – und die Bartons waren stark und unverwüstlich.

Sie war Liz Barton . . . Liz Barton . . .

Liz setzte sich im Bett auf. Ihre Gedanken rasten. Sie knipste die Nachttischlampe an, schlug die Bettdecke zurück und schlüpfte aus dem Bett. Ungeachtet der Kälte begann sie, barfuß im Zimmer hin und her zu laufen.

Sie hatte Daves Stimme noch im Ohr, so klar und deutlich, als wäre er hier bei ihr im Zimmer.

Die Menschen verändern sich, Liz . . . In San Francisco habe ich vor drei Monaten die letzte wilde Party gefeiert . . . Du hast mich ganz schön in der Gegend herumgeschleppt . . .

Ja, das hatte Liz wirklich. Sie nickte. Und außer dieser lauten, riesigen Party bei ihren Eltern hatte sie alle geselligen Zusammenkünfte genossen.

Sie hatte sich gern ihre schönsten Kleider angezogen und mit ihren Freunden gelacht und geplaudert – wie eine Barton.

Am liebsten hole ich mir am Wochenende ein paar Videofilme und ziehe mich mit Unmengen von Popcorn in meine Wohnung zurück . . .

Hatte Dave das wirklich ernst gemeint? Auch sie liebte die ruhigen Wochenenden zu Hause. Aber sie war immer allein gewesen und hatte sich nie vorstellen können, daß ihr jemand dabei Gesellschaft leisten wollte. Dave McHugh würde ihr gern dabei Gesellschaft leisten. Genauso gern, wie er sie zu einer netten, fröhlichen Party begleiten würde.

Von jetzt an verbringe ich das Weihnachtsfest bei mir zu Hause . . .

O ja, dachte Liz. Weihnachten zu Hause. Kein Weihnachtsrummel in einem teuren Hotel – ein warmes, gemütliches Zuhause mit einem Weihnachtsbaum und einem Engel auf der Christbaumspitze.

Liz erinnerte sich daran, wie Dave ihr versichert hatte, daß sie beide den Bartons in mancher Beziehung sehr ähnlich seien, sich aber auch in vielen Dingen von ihnen unterschieden. Und daß sie beide einzigartige Individuen seien, die ihre eigenen Wege gingen. Sie war tatsächlich mehr eine Barton, als sie gedacht hatte – aber weder ein Abziehbild ihrer Eltern noch ihres Bruders. Sie war Liz.

Liz sank auf den Bettrand und preßte die Hände auf die Wangen. *Wenn es für dich richtig ist, dann tu es!* Das war eine der Barton-Philosophien. Und sie, Liz, hatte diesen Spruch nur für sich abgewandelt. Sie hatte immer nach dem Motto gelebt: Und wenn es falsch ist, dann laß es.

Das hatte oft genug all ihren Mut erfordert. Sie war sich selbst jedoch immer treu geblieben, wie alle anderen Bartons auch. Daß sie nicht in jeder Beziehung in diese Familie paßte, spielte wirklich überhaupt keine Rolle!

Allmählich klärte sich ihr Kopf. Dave hatte in vielen Dingen recht gehabt. Während sie sich hinter ihren Schutzwällen versteckt hatte, hatte er sie längst erkannt und durchschaut. In den letzten Stunden ihres Zusammenseins hatte er verzweifelt versucht, ihr klarzumachen, wer und was sie wirklich war.

Und dann hatte er sie mit ihrem neuen Wissen allein gelassen, damit sie das alles zuerst einmal verarbeiten konnte.

Warum? Warum hatte er sich soviel Mühe mit ihr gegeben? Anstatt zu bleiben und sich mit ihr zu amüsieren, hatte Dave ihr das größte Weihnachtsgeschenk gemacht – die Erkenntnis, wer sie tatsächlich war. Ihre Identität. Aber warum hatte er sich dann zu einem einsamen Weihnachtsfest in San Francisco entschlossen, wo sie doch genau wußte, wie sehr er sich auf die Feiertage mit ihrer Familie gefreut hatte?

Weil er sie liebte.

»Oh, Dave«, flüsterte Liz mit Tränen in den Augen. »Ja, Liebling, jetzt verstehe ich . . . Ich bin Liz, Liz Barton. Ich bin ich. O Dave, ich liebe dich so sehr.«

Liz knipste das Licht aus, schlüpfte unter die Bettdecke und fiel zum erstenmal seit Tagen in einen tiefen, friedlichen Schlaf. Ein sanftes Lächeln umspielte ihre Lippen.

Am nächsten Abend um elf stand eine sehr aufgeregte Liz Barton vor der Wohnungstür von Dave McHugh.

Seit fünf Minuten stand sie schon hier auf dem Flur. Und wenn sie nicht endlich all ihren Mut zusammennahm, würde sie wohl auch noch länger hier stehen.

Nein, entschied sie. Ich werde auf der Stelle an diese Tür klopfen.

Sie rührte sich nicht.

Du liebe Güte, dachte sie. Bis jetzt bin ich mir doch so sicher gewesen. Als ihre Familie aus Aspen zurückgekehrt war, hatte sie, Liz, kurzentschlossen ihren Koffer gepackt und war zum Flughafen gefahren. Es war nicht einfach gewesen, so kurzfristig einen Flug zu buchen – aber jetzt stand sie hier, mit einer unbestimmten Furcht im Herzen, und fragte sich, was um alles in der Welt in sie gefahren war, daß sie so impulsiv gehandelt hatte.

Die Antwort lag auf der Hand. Sie liebte Dave, und sie glaubte daran, daß auch Dave sie liebte.

Darum bin ich hier, dachte Liz und holte tief Luft. Hinter dieser Tür, die sie seit Minuten wie hypnotisiert anstarrte, lag ihre ganze Zukunft.

Aber . . .

Wenn sie sich nun geirrt hatte. Wenn Dave sie doch nicht liebte? Vielleicht waren seine Gefühle ihr gegenüber nur brüderliche Fürsorge gewesen? Himmel, wie würde sie sich zum Narren machen! Was wäre, wenn Dave gar nicht zu Hause war? Oder wenn er eine Frau bei sich hatte?

Nein! Liz reckte das Kinn. Sie war eine erwachsene Frau, die zu dem Mann gereist war, den sie liebte. Wenn Dave sie nicht liebte, dann sollte er ihr in die Augen sehen und es ihr sagen. Sie würde die Situation mit

Würde überstehen – und sich in den nächsten fünfzehn Jahren die Augen ausweinen.

Himmel hilf, dachte sie. Wäre ich doch zu Hause geblieben!

Nein, nein, nein. Jetzt sofort würde sie an diese Tür klopfen! Ihre Hand hob sich. Sie klopfte an die Tür. Dann richtete sie sich auf und straffte die Schultern.

O Dave, bitte, flehte sie insgeheim. Bitte, bitte, bitte . . .

Die Tür wurde geöffnet. Da war er: Dave McHugh, der Mann, den Liz über alles liebte.

Er trug eine ausgeblichene Jeans und einen roten Pullover. Bei seinem Anblick zitterten Liz die Knie. Das Atmen fiel ihr schwer.

»Liz?« Dave schüttelte den Kopf. »Bist du das wirklich?«

»Darauf kannst du wetten!« Liz lachte auf – viel zu hell und viel zu hoch. Sie schluckte, räusperte sich und nahm einen neuen Anlauf. »Ich meine, ja, ich bin's. Darf ich eintreten? Ich möchte mit dir reden. Wenn . . . wenn du gerade Zeit hast . . .«

»Ja, ja, natürlich.« Dave ergriff ihren Arm und zog sie in die Wohnung. In dem großen Wohnraum nahm er ihr den Koffer ab, stellte ihn auf den Boden und legte dann ihren Mantel über eine Stuhllehne. »Liz, ich . . .«

Liz ließ den Blick durch den Raum schweifen und hielt plötzlich den Atem an.

An der gegenüberliegenden Wand stand ein riesiger, wunderschön geschmückter Weihnachtsbaum. Auf der Spitze thronte ein glitzernder Engel.

Liz ging hinüber zu dem Baum und betrachtete jede Einzelheit. Jetzt bemerkte sie auch, daß in dem offenen

Kamin ein helles Feuer brannte. Liz wandte sich zu Dave um, der an der Tür stand.

»Das ist ein künstlicher Baum«, sagte er und zuckte die Schultern. »Es gab keinen echten mehr zu kaufen, als ich zurückkam. Aber im nächsten Jahr wird das anders . . .«

»Dave«, flüsterte Liz leise, doch er fuhr fort.

»Der Baum, das Feuer – es ist alles für dich, Liz. Gott, wie sehr habe ich darauf gewartet, daß du über alles nachdenkst und zu mir kommst. Ich schwöre dir, daß ich den Baum bis zum Sommer hätte stehen und das Feuer hätte brennen lassen, wenn es so lange gedauert hätte. Die letzten Tage und Nächte waren furchtbar . . . Ich hatte ja keine Ahnung, ob du wirklich jemals kommen würdest . . . Aber ich habe mir selbst gut zugeredet, Geduld zu haben und dir Zeit zu lassen. Sag was, Liz, bitte! Sag mir, warum du gekommen bist.«

Tränen schimmerten in ihren Augen. »O Dave, ich war so durcheinander.« Ihre Stimme bebte. »Mein ganzes Leben lang bin ich mir wie eine Außenseiterin in meiner Familie vorgekommen. Meine Eltern und mein Bruder haben mich zweifellos geliebt, aber ich war immer anders als sie. Dabei habe ich mir nichts sehnlicher gewünscht, als auch so zu sein wie sie und von ihnen akzeptiert zu werden. Selbst als ich längst erwachsen war. Alles, was du mir gesagt hast, entspricht der Wahrheit, Dave. Ich habe die Dinge wirklich nur schwarzweiß gesehen . . . Und du bist Steves bester Freund gewesen, mit allen Charaktereigenschaften der Bartons – und damit für mich außer Reichweite.«

»Liz . . .« Dave trat auf sie zu.

»Nein, bitte.« Liz hob abwehrend die Hand. »Ich bin noch nicht fertig.« Sie holte tief Luft. »Du warst nichts anderes als mein Weihnachtsgeschenk, ein Geliebter auf

Zeit, weil ich davon überzeugt war, daß du nur für ein paar Tage zu mir gehören könntest. Ich habe mir eingeredet, daß mir zumindest einige wunderschöne Erinnerungen bleiben würden und daß mir das für die Zukunft genügen würde. Aber es reicht nicht, denn . . . ich liebe dich, Dave.«

Er machte einen weiteren Schritt auf sie zu, aber Liz schüttelte den Kopf. »Komm nicht näher, bitte. Das hier fällt mir so schon nicht leicht. Nach deiner Abreise habe ich nur noch geweint. Dann wurde mir klar, daß mein Leben irgendwie weitergehen muß. Ich habe angefangen, über deine Worte nachzudenken – und plötzlich war mir alles klar. Dave, ich bin Liz Barton. In vieler Hinsicht eine Barton, aber doch auch anders – genau wie du. Ich bin eine erwachsene Frau, und es genügt, wenn ich mich selbst akzeptiere.«

»Du hast in jeder Beziehung recht.« Daves Stimme klang rauh. »Deshalb habe ich auch so verzweifelt versucht, dir die Augen zu öffnen.«

»Ich habe mich gefragt, warum du mir das alles gesagt und mich dann verlassen hast. Ich kam zu der Überzeugung, daß du mich nur deshalb allein gelassen hast, damit ich in Ruhe alles verarbeiten kann. Das hat mir den Mut gegeben herzukommen. O Dave, sag mir, daß es richtig war. Sag mir, daß du mich liebst.« Tränen strömten über ihre Wangen. »Liebst du mich, Dave? Liebst du mich?«

Dave stöhnte tief auf. Mit zwei Schritten war er bei ihr und nahm sie in die Arme. Er vergrub sein Gesicht in ihrem duftenden Haar, dann hob er den Kopf und begegnete ihrem Blick.

»O ja, meine kleine Liz, ich liebe dich. Als ich dich in dieser Nacht verlassen habe, bin ich das größte Risiko meines Lebens eingegangen. Ich hatte solche Angst, dich zu verlieren. Es war furchtbar, aber ich hatte keine Wahl. Ich habe mir gut zugeredet, daß du mich liebst, mit jeder Stunde jedoch, die verging, wuchs meine Angst, daß ich mich geirrt haben könnte. Ich bin so glücklich, daß du gekommen bist.«

Er küßte sie zärtlich auf die Lippen. »Ich liebe dich«, flüsterte er an ihrem Mund. Dann hob er den Kopf und sah ihr tief in die Augen. »Ich liebe dich mehr als alles auf der Welt, Liz. Willst du mich heiraten? Bitte, sag ja.«

»O ja, Dave.« Liz lächelte glücklich. »Ich will dich heiraten. Ich liebe dich so sehr.«

Dave bedeckte ihr Gesicht mit unzähligen Küssen. »Unter dem Weihnachtsbaum liegt noch ein Geschenk für dich«, sagte er dann. »Geh und sieh nach, was dir der Weihnachtsmann gebracht hat, Liebling.«

Zögernd löste sich Liz aus seinen Armen. Unter dem Baum fand sie eine kleine Schachtel, die in leuchtend blaues Seidenpapier verpackt war. Rasch entfernte Liz das Papier und öffnete die kleine Schmuckschatulle.

Auf blauem Samt lag eine feine Goldkette mit einem wunderschön gearbeiteten goldenen Engel.

»O Dave – wie schön.«

Dave nahm die Kette und befestigte sie an ihrem Hals. »Frohe Weihnachten, mein Liebling.«

»Frohe Weihnachten, Dave. Und ein glückliches neues Jahr.«

Dave sah ihr in die Augen. In seinem Blick lagen all die Liebe und Zärtlichkeit, die er für sie empfand. »Ich habe mich so nach dir gesehnt, Liz.« Er legte die Arme um sie und küßte sie sanft auf die Schläfe. »Am liebsten würde ich jetzt, hier vor dem Kamin mit dir schlafen.«

»Und warum tust du es nicht?«

Liz hob ihm ihr Gesicht entgegen, und er küßte sie heiß und hungrig. Seine Hände streichelten ihren Körper und glitten dann unter ihren Pullover. Als er ihre nackte, weiche Haut berührte, stöhnte er leise auf vor Sehnsucht. Seine Hände schlossen sich um ihre Brüste und liebkosten sie, bis Liz glaubte, vor Lust zu vergehen. »Komm«, flüsterte sie und löste sich von ihm. Mit schimmernden Augen sah sie zu ihm auf.

Unendlich sanft und behutsam entkleidete Dave sie. Wieder und wieder bedeckte er ihren nackten Körper mit zahllosen Küssen. Dann zog auch er sich rasch aus und nahm Liz in die Arme. Wie sehr hatten sie sich beide nach diesem Augenblick gesehnt!

Sie klammerten sich voll Verlangen aneinander und küßten sich mit wachsender Leidenschaft. Als sie es vor Lust und Erregung nicht länger aushielten, sanken sie engumschlungen auf den weichen Teppich vor dem offenen Kamin. Zwischen Liz' nackten Brüsten glänzte der zierliche goldene Engel hell im Feuerschein. Die Flammen warfen tanzende Schatten auf ihre Körper.

Und dann liebten sie sich mit grenzenloser Zärtlichkeit und Hingabe. Und vor dem Kaminfeuer versprachen sie sich ihre Liebe für ein ganzes Leben.

ENDE